就算爺爺忘記了

文・大塚篤子
圖・心美保子
譯・李美惠

推薦文一

小女孩與失智爺爺的交響曲

王培寧（國立陽明大學醫學系教授、臺北榮民總醫院神經科主治醫師）

「失智症」以前稱做「痴呆症」，總是被大眾認為是一個可怕的疾病。一提到這個名稱，似乎大多數人的腦海裡就浮現出一個痴傻又會做出瘋狂行為的老人形態，殊不知其實很多失智長輩就像是個思考直接又可愛的孩子。《就算爺爺忘記了》這本書從一個小女孩純真又細膩的角度，帶領著讀者進入失智爺爺看似複雜卻又簡單率真的世界，是一個很特別的詮釋方式。

從爺爺第一次出場與孫女杏的簡單對話中，就表現出這一家人對「失智症」這個疾病的理解與包容。杏以爺爺熟悉的話語和他打招呼與交談，即使面對身旁朋友茫然不解的目光，杏也能用自然的態度向朋友解釋，並不覺得有個失智爺爺是件難以啟齒的事。在之後許多生活的小事件中，也顯現出這對祖孫獨特的相處方式。杏了解爺爺有時糊塗、有時似乎又很清醒的特性，而適時調整自己的言行。杏知道要如何引導爺爺把手洗乾淨；當爺爺固執地要尋找已經離開的小狗時，杏知道要如何將話題導開；就連爺爺不見了，也都是透過杏對爺爺的細膩觀察而推敲出各種蛛絲馬跡。祖孫兩人共同譜出了和諧美妙的生活交響曲。

如同作者在故事中所說：「失智症就和心臟病、神經痛或癌症一樣，也是一種疾病。我們不會說患有心臟病的人是壞掉的人吧，所以爺爺並不是壞掉。」得到失智症的長輩們都曾經是非常有智慧的人，有著精采的人生，他們只是現在生病了，雖然他們的行為可能因為疾病而有所改變，但也因為有他們過去的付出，才有我們的存在。如果我們能像《就算爺爺忘記了》書中的小女孩用真誠去理解和面對失智症，相信一定能使這些失智長輩得到更多的尊重和更好的照顧。

推薦文二

用愛迎接失智

邢小萍（臺北市新生國小校長）

杏的爺爺生病了，爺爺的病不會傳染，卻會造成整個家庭的不安；當社會進入高齡化之後，阿茲海默症好發於六十五歲以上的老人，據統計在二〇〇六年，全世界約有二千六百萬名阿茲海默症病患，到二〇五〇年時，預估每八十五人就有一人罹患阿茲海默症。這種病目前沒有特效藥。

故事的主角杏只有十歲，故事從他們救了一隻疑似失智的小狗開始。爺爺出現的第一次怪異行為——走失，就從小狗回家這天開始。儘管當醫生的爺爺已經提前告知大家，他罹患了這種俗稱老人失智的疾病，但是隨著疾病的進展，爺爺漸漸記不住許多事，記憶及時間經常錯亂、易怒、情緒不穩定……，種種狀況都造成家庭照顧者巨大的壓力。

《就算爺爺忘記了》這個故事由三個軸線構成：最主要的軸線是書中主

人翁杏，她學習網球並獲選參加網球比賽的歷程，過程中穿插了撿到一隻有三個名字的小狗，以及爺爺在這段期間發生的幾件讓人措手不及的驚險狀況。作者十分擅長描寫主角的心理反應，並細膩地寫出了和罹患阿茲海默症者互動的點點滴滴。同時也讓我們反省，當我們飼養同伴動物例如小狗、小貓時，究竟應該如何正確對待。

學習的過程通常不會是一帆風順的，當杏在學習網球時，從缺乏自信到經由不斷的練習、掌握發球的訣竅，到有勇氣面對比賽的挑戰，不管最後結果如何，她都可以算是最大的贏家！最難能可貴的是，爺爺雖然在緊要關頭再度走失，卻依舊惦記著杏的網球比賽！家人間的親情自然流露，許多小小溫馨互動的場面，或是爺爺回憶小時候的生活情節，都讓讀者心底感受到小小的暖意。當然，同伴動物的陪伴有時也可以成為治療阿茲海默症的良方，畢竟，透過同伴動物的照顧，可以減緩老人失智的速度。就像故事中的狗狗，喚起爺爺許多甜蜜的童年回憶。

與其我們期待社會有更好的福利制度來照顧這些失智老人，不如鼓勵大家一起學習書中杏的家人，用愛迎接失智，用關懷幫助失智老者！這些漸漸忘記許多往事的老者，曾經茹苦含辛地教養我們、照顧我們，我們要學習並發現與他們相處的祕訣，要學習正確照顧的方式，讓他們的晚年活得快樂、活得有尊嚴。《就算爺爺忘記了》這本書溫馨感人，值得推薦給所有讀者，讓大家進一步認識阿茲海默症，並學習與罹患阿茲海默症的老者相處！

推薦文三

記憶的停泊是銘心回憶的開始

湯銘勝（臺北市北投國小資優班教師）

這是個記憶和回憶不斷對話的故事。

人的一生就像駕著一艘小船，在記憶的河中旅行，行了很遠的旅程之後，有時會憶起某個曾經到過的港灣，有時會回味另一艘船一起並肩航行的日子，當人生不再順流而下的時候，尤其如是。當記憶開始停泊，正是銘心回憶的開始……

爺爺忘記了，記憶不再順流，重要的回憶時而浮現；閱讀《就算爺爺忘記了》這本書，雖然是杏和失智症爺爺相處的故事，卻因作者特別的說故事方式，讓我們品出了擔心，忘卻了痛苦，嘗到了爺爺銘心回憶的甜味，同時看到了主角杏將夢想暫時輕輕地放下。正因為輕淡而自然的述說，讀者反而容易嘗出情感的濃烈味道。

作者的寫作筆法自然而輕淡，由於少了辛辣的激情，因此閱讀這本書時，希望你也能和我一樣，忘記失智症爺爺的「停泊」，而是看到他帶著小孫女在自己記憶的河流中漫步，說著自己「忘不了」的過去，而小孫女也由於最後的抉擇，在自己記憶的河中，寫下一個必定銘心的回憶。

推薦文四

爺爺是家人的幸福劇本

黃瀞慧（臺北市興華國小教師）

當家裡開始有一位病人，生活便再也無法回到從前。儘管《就算爺爺忘記了》書中主角杏的爺爺罹患了阿茲海默症，但她與家人並不覺得爺爺是家裡的累贅，也沒有因為病情一次又一次發作而消磨心志，反而付出更多關愛，這長期凝聚的家庭之愛是杏學習從挫折中找到能力、發揮潛力的泉源。

而從故事中我們也不難發現，心態的轉變往往是在許多枝微末節的小事之間發生。從作者在〈後記〉提及自己到京都北邊的原始森林時，為著「朽木、老樹和年輕又健康的樹能平衡夾雜在一起，對森林而言都是重要成員」的想法感動不已，對照書中的主角杏懊惱自己「本來打定主意無論何時都要和爺爺站在同一陣線，怎麼會一時之間把心愛的爺爺想成壞掉了？」，更凸顯杏內在能量的蓄積與可預測的爆發。

看到主角內心的光景轉換，形成外在能力的展現，網球如此，尋找爺爺的蹤跡也是如此。相信透過《就算爺爺忘記了》書中的故事，能夠說服讀者「自信與努力是發現自己優勢的必要條件」，同時可以重新思考所謂的愛在必須面對抉擇的時候，究竟是失落還是幸福？

推薦文五

愛與被愛的幸福

潘慶輝（新北市秀朗國小校長）

愛，讓人懷抱希望、充滿生氣；被愛，則總是讓人感到心窩裡有滿滿的溫暖。我們的生活中如果時時刻刻充滿愛，就會懂得關心別人、會細心呵護他人，讓自己的生命變得有自信、有活力，在面對生命時格外具有意義；倘若我們的生活裡時時刻刻有被愛的感覺，則會讓人覺得柔軟、真實，進而懂得體貼和感恩，讓自己的生命具有歸屬而感到非常安全與自在。

《就算爺爺忘記了》的主人翁杏長大了、強健了，精力旺盛，而且充滿青春氣息；她的爺爺則老了、病了、忘記了、還走失了，生活一點一滴在走樣。然而一隻意外跑進這家人生活的小狗Lucky，卻串起了祖孫三代的感情。從他們的互動中，讓我們分享了愛和被愛的幸福，同時溫習了關心和照護的真情。面對失智的家人，你會用什麼樣的心情對待呢？這本書給了最好的示範。

目錄

1 小黃狗

兩人在山科川的堤防上一坐下，便同時把球拍從背包裡抽出來。這是向運動用品店訂製的正規尺寸網球拍，剛剛才拿到的。

「哇——好漂亮！果然好大喔。」

杏握住拍柄上下揮動，志津也趕緊握住拍柄。

「真正的球拍好重！」

兩人相視一笑。

球拍散發著嶄新塗料的味道。

新學期開始就是五年級了，這個春假，兩人從參加了三年的兒童太陽網球學苑畢業，四月開始就要轉到青少年網球學苑了。

坐在堤防往河的下游望過去，在左岸那邊可以看到太陽網球學苑的半個球場。

兒童太陽網球學苑只有一個球場，是由以前曾是網球選手的阿一和小千夫婦擔任指導。總之，主要是希望培養孩子對網球的興趣，如果打出好球，他們會大大讚揚一番，而就算沒打好，他們也會誇說姿勢不錯。

「我剛才和阿一握手了唷，因為要分別了。」

「我也是，小千的眼睛還有點溼溼的。」

「以後再去找他們玩吧！我們去吃小千做的馬德蓮蛋糕。」

「嗯，她親手做的牛奶糖、餅乾還有紅豆湯圓都很好吃。」

「哇，說著說著就好想吃喔。」

聊起阿一和小千的事情就很開心。他們兩人都很溫柔，杏和志津都喜歡他們，只不過和四、五歲的幼稚園小朋友在球場打網球實在太無聊了。雖然聊起小千做的點心就興高采烈，但再也不會被眼前的點心所迷惑了。十歲的心早已飛到更高一級的青少年課程去了。

「青少年課程不知道會是什麼樣子，大家一定都很厲害吧。」

心裡是既緊張又期待。

儘管其中可能也有初學者，不過大部分應該是從這附近的兒童學苑升上去的吧。

杏把手臂伸得直直的，讓球拍成直角豎立著。

新球拍真是愈看愈漂亮。灰色的拍框裡毫不馬虎地緊繃著羊腸線，而且拍柄是無光澤的黑色，和甜美完全扯不上關係。

與現在這把球拍比起來，以前用的兒童球拍簡直是個玩具；長度只有五十公分，又輕，纖細的拍框是藍色的，拍柄還是鮮豔的粉紅色。

兩人確認了球拍的手感好幾次。

「感覺用了這個球拍，好像就會變得很厲害。」杏興高采烈地說。

志津也輕輕笑著說：「就靠它了，尤其是發球的時候，對吧？」

「哇——志津，不行啦，那太難了。」

她明知道杏最不會發球，而且正為這個問題感到煩惱。

杏不由得用雙手抱住球拍，志津連忙說：「開玩笑啦，別放在心上。你的抽球很厲害，所以沒關係的。發球嘛，總有一天可以做得很好的。」

聽志津這麼說，杏感覺自己好像真的快要會發球了，覺得很不可思議。

老實說，志津的網球打得比杏好，她的身高夠高，運動神經也很敏銳，在太陽學苑時，阿一便常說：「志津對網球的感覺很敏銳。」杏也不太知道為什麼，不過只要和志津同組打雙人賽，總是覺得很開心，而且很放心。所以，杏希望今後能夠一直當志津的搭檔。

堤防上的櫻花正盛開著。雖然有風，卻連一片花瓣都沒有吹落。漂亮的櫻花彷彿天花板般籠罩在頭頂上。

「咦！」原本揮著球拍的志津突然指著山科川，並站起身來。「你看，那是小狗嗎？還是我眼花了？」

順著志津的指尖看去，淺淺的河中央有個黃黃的東西在移動。

「真的耶，是小狗！」

因為只顧著欣賞堤防到河邊的整片櫻花，並沒有注意到河的中央有一隻小狗。

「為什麼那種地方會有小狗呢？」

小狗稍稍仰起頭，望著河的下游。

「那小傢伙好像不打算上岸來。」

附近並沒有看到可能是那隻小狗主人的人。

春天和煦的陽光映照在河面上，閃亮得有些炫目。小狗走在深及半條腿的水中。

「那個深度應該不會淹死吧？」

「不會不會。可是河裡面很冷吧，真是奇怪的傢伙。」

怕冷的志津把圍在脖子的薄圍巾拉到鼻尖的位置。

「那小傢伙大概是被主人丟棄了。」

「一般人會把活生生的小狗丟進河裡嗎？」

「難道是牠自己跑到河裡嗎？這也很難想像呀！」

兩人說著說著，身後就來了個騎著腳踏車的叔叔。

「再繼續走過去的話恐怕有點不妙唷。」那個人邊說邊往前騎去。

沒錯。再往下游約一百公尺的地方因有高度落差，往下流的水量相當大。由於瀑布下面的水很深，再這樣走下去真的有點不太妙。

不知不覺，已經有四、五個路過堤防的人圍了過來。

「那隻小狗一早就在河裡走來走去，好像不想離開河裡。」有人說。

什麼？一早？現在已經中午了耶！

杏再次從櫻花之間朝小狗的所在位置望去。雖然只要稍微走一下就幾乎會出汗，牠竟然整個早上都待在河裡也實在太久了。

「喂，不行，不能再往前走了喔！」圍觀的人群中發出了喊聲。

「啊，不行、不行，快回來這邊！」

在大家緊張的注視下，小狗走到瀑布前面一點點的地方，就突然轉身往上游走回來。

「呼——」圍觀群眾不約而同發出嘆息般的聲音。

小狗不時抖抖濡溼的身體，把水抖掉；牠的身體似乎很溼，使勁抖出來的水珠在陽光下一如仙女棒的火花般散開。

小狗接著又一會兒走進河裡、一會兒走上岸來。

「志津，那小傢伙到底在想什麼呀？明明冷得要命。」

「快上來！」

「上來之後要去哪裡？」

「嗯……問狗狗呀，牠一定也餓了，因為一早就沒吃東西了。」

不久，原本圍觀看熱鬧的群眾看膩了這齣拖拖拉拉的小狗戲，一個個漸漸離開，不一會兒，竟然只剩下杏和志津兩人。

「怎麼辦？」

「你說怎麼辦？」

兩人互看一眼。過了三秒鐘……

「要過去嗎？」

「下去看看嗎？」

又過了三秒鐘。

「嗯！去看看吧！」

「嘿咻！」

兩人揹起裝著球拍的背包，爬下不太陡的斜坡。下到河邊時，發現球鞋會陷進柔軟的沙地，寸步難行。

「喂──」

「快過來！快過來這邊！」

小狗像是在作弄兩個人似的，依然走來走去。

「就跟你說不能去那邊呀！」

「掉下去會淹死的！」

就在小狗不知道是第幾次最靠近她們兩人的時候，杏終於捲起牛仔褲的褲管，脫下運動鞋和襪子。

「我去把牠抓過來。」

「咦，很冷耶。」

志津將一根手指頭伸進河水裡，「嘶」地叫了一聲就立刻縮回來。

「沒關係，等我一下，我現在就過去。」

杏說著便慢慢走進深及腳踝的水中，朝眼前的小狗走了過去。

「嘶——好冷，果然比我想像的還要冷！」

儘管天氣已經變暖和，河水還是很冰冷。小狗仰著頭，目不轉睛地望著漸漸走近的杏。

「好好好，別動別動，千萬別動唷。好乖好乖。來，到這邊來。」

小狗只是仰頭望著緩緩走上前的杏，卻依然不動。

「沒關係、沒關係，別動喔。來，過來，一起到岸上去吧。」

小狗還是不動。

「你是想一輩子待在水裡嗎？來，過來。」

杏彎下腰來抱起小狗。

小狗一點兒也沒有反抗，默默地讓杏抱在手裡。那感覺就像抱著溼答答的玩具似的，輕得幾乎像是沒有抱東西一樣。

成功逮到囉！

志津在河邊拍著手。杏往回走的時候，是大膽涉水走上岸的。

「喏。」

才剛把小狗抱到乾爽的沙地放下，牠立刻使勁地搖晃身體、抖掉水珠。

「哇！會冷耶！」

「怎麼這樣？她可是你的救命恩人呀！」

這是一隻又瘦又小的小狗。看起來沒有受傷，也看不出虛弱的樣子，但總覺得牠好像有點恍神。

牠全身是淡茶色的，臉部比身體還白，大大的鼻子漆黑而溼潤。紅色皮革細項圈鬆鬆的；既然牠戴著項圈，就一定有主人才對。牠大概是覺得冷吧，身體微微顫抖著。

「喂，小黃狗。」志津一邊摸著牠喉嚨下方、一邊說。

「你是誰家的狗啊？從哪裡來的？」

兩人輪番對著小狗問話，但小狗只是傻傻的面無表情，既不害怕也不高興，就只是悶不吭聲。

「怎麼辦？」

「該怎麼辦呢？」

杏和志津面面相覷。雖然把牠從河裡硬拉上來，但這到底是怎麼回事？

風吹拂過河床。天氣很晴朗，不過風還是冷颼颼的。

「溼成這個樣子，好像很冷耶。」

「肚子應該也餓了。」

兩人沉默了一會兒，杏終於忍不住打破沉默。「……把牠帶走吧。」

「嗯！也只有這個辦法了。」志津似乎就在等著這句話，立刻帶勁地回答，但接著又說：「可是，我家是大樓……」她立刻低下頭。

「我家也……」杏也這麼說。

「總不能就這樣丟下牠不管吧。不知道能不能找到牠的主人。」

「很難吧？」

現在根本不敢想像小狗的主人會出現。那麼，就只能把牠帶回家嗎？

家人的臉一一浮現在杏的腦海裡。爸爸、媽媽、爺爺以及即將升上二年級的弟弟。突然看到這隻陌生的小狗，他們能毫不排斥地接受牠嗎？

當工程師的爸爸只對機械有興趣，所以即使家裡多了一隻小狗，應該也不會說什麼；喜歡生物的弟弟也沒問題，肯定一下子就愛上牠。問題出在愛嘮叨的媽媽和討厭動物的爺爺。

雖然杏有很多要擔心的，不過她已經下定決心。

「我決定了，我要把牠帶回家。總會有辦法的。」

「要是我有地方可以養就好了。好想養喔。」志津不停摸著小狗的頭。

杏抱起小狗。果然很輕。她的手臂感覺到小狗不停打著哆嗦，實在不能放任這樣的狗在河裡不管。

兩人才剛邁開腳步，一個抱著白色貴賓狗的阿姨就追了上來。

「謝謝你們，謝謝你們把牠撿回去。謝謝。」

「是……」

「飼主大概因為各種理由沒辦法養牠，而把牠丟掉吧。那種人根本沒資格養狗，以後不會有好報應的。」

「是……」

貴賓狗阿姨自顧自地生著氣。

「你們一定會遇到好事的。幾年級啦？」

「五年級！」兩人齊聲回答。

阿姨微微一笑，又說：「你們一定會遇到好事，那隻小狗會為你們帶來好事的。」

「是……」

「阿姨很高興。真的謝謝你們。」她一說完便順著堤防往回走了。

「她說這小東西會為我們帶來好事耶。」

這隻看起來似乎有點傻裡傻氣、手腳細得像免洗筷又沒精打采的小黃狗，會為我們帶來「好事」？

聽到這句話，覺得有點開心。

兩人相視而笑。

「對我而言，好事呀就是網球打得更好，可以永遠當志津的拍檔。志津你呢？」

志津笑著說：「希望今年能和小杏在同一個班上。」

「小狗狗，萬事拜託囉。」

杏握著小狗的腳，志津則湊近薄薄的耳朵，仔細告訴這隻沉默不語的小狗，然後硬逼著牠點點頭。

呵呵。就是這樣。

帶這隻黃色小狗回家一定是正確的決定，杏打定主意這麼想。

2 登陸仙崎家

兩人輪流抱著小狗往杏的家走去；因為沒有綁繩子，不能讓牠走在車水馬龍的路上。

「喂，小狗狗，還好嗎？」偶爾問問在懷中不停顫抖的小狗。

剛開始明明輕得像個絨毛玩具，卻漸漸和真狗一樣愈來愈重。就在手臂痠得不得了的時候，終於到家了。

「嘿咻！」

杏把小狗輕輕放到寫著「仙崎外科．皮膚科醫院」的招牌下。這個招牌原本就有點髒，最近好像更往右傾斜了；因為是很久以前的招牌，所以字體也很老式。

「喏，已經沒關係了。現在開始就讓你自己走囉。」

打開小小的木門，大家排成一列，走上拉著百葉窗的診察室旁邊的那條小通道，依序是小狗、杏、志津。而小黃狗似乎有了「只好接受命運安排」的覺悟，牠慢吞吞地走在杏的前面；雖然在河裡待了那麼久的時間，腳步還是很穩健。

沒有日照的通道才走了一半，就看到庭院最裡面的玄關門是打開的。是誰呢？只要不是媽媽或爺爺就好了。

杏才這麼想的瞬間，爺爺雄一郎的枴杖和灰色長褲就躍入眼簾。

「啊……」

真倒楣，這下完蛋了。

都已經走到這裡了，也不能拿帶頭的小狗怎麼樣。爺爺正緩緩向著自己這邊一步步走來。

四公尺、三公尺、兩公尺……

杏忍不住閉上眼睛。

沒辦法了，這下子小狗一定會被抓起來丟出去。

大概過了兩秒，爺爺說：「啊，杏，手衛指名習聯。」

杏畏怯地抬起眼睛看看爺爺；他明明看見腳邊的小狗，卻好像視若無睹，望著杏的眼神帶著笑意。看來他正準備外出，頭上還戴著自己很喜歡的那頂帽子，從帽子竄出來的長長白髮就像小狗下垂的耳朵。

杏趕緊說：「手衛指名習聯。爺爺。」

「好，好。看來全員都到齊了，那麼請多指教囉。」

全員？請多指教？什麼和什麼呀？但爺爺似乎很開心。

正當杏這麼想的時候，志津上前一步說：「杏的爺爺，您好啊，我來您家裡打擾了。」

「……」

爺爺只是瞥了向他請安的志津一眼，什麼話也沒說，便立刻拄著枴杖迅速走開。

太好了，小狗的事情就這樣暫時過關了。

杏鬆了一口氣，目送著爺爺走遠。爺爺走過之後，飄來一股消毒水的氣味；不對，是感覺似乎聞到了那股味道。

爺爺雄一郎在三年前就已經退休不當醫師了，照理說應該不會散發出消毒水的氣味才對，可是杏的鼻子到現在依然記得爺爺白袍上的氣味。

「志津，不好意思。」杏等爺爺消失在庭院走道之後對志津這麼說。不過志津根本沒把爺爺的失禮放在心上。

「守衛？洗臉？那是什麼？」她問杏剛才和爺爺應答的話是什麼意思。

「那就好像出門時要說『我出門囉』那樣的話。」杏回答。

「哦？是外國話嗎？」

「是日語啦。」

「有這樣說的嗎？」

「『手』是手帕，『衛』是衛生紙，『指』是指甲，『名』是名牌，『習』是習題，『聯』是聯絡簿。各取第一個字，就變成『手衛指名習聯』了。」

「什麼啊！那為什麼又代表『我出門囉』？」

「因為我一年級時，導師山田老師老是這麼說的。」

「喔……所以呢？」

「他說，早上要唸一遍『手衛指名習聯』再出門；也就是說，要檢查指甲是不是長了，不要忘記帶名牌、聯絡簿或是其他東西。」

「唔……」志津露出似懂非懂的表情。

「我每天早上都是那樣唸一遍才出門，所以爺爺也學我那樣說。」
「從那時候開始就一直這樣嗎？」
「是啊，在爺爺的腦袋裡，『我出門囉』就等於『手衛指名習聯』。」
志津笑了一下說：「喔，可是杏也回答他說『手衛指名習聯』呀！」
「那是『路上小心』的意思啦，就是簡單的問候用語，像是不要忘記帶東西、要注意各種狀況之類的。只有我家人才聽得懂，是一句奇怪的話。」
跟志津說明後，杏也有點擔心了起來。
剛才爺爺心情愉快地說了「手衛指名習聯」，這麼說來，他應該是要上哪兒去吧？
杏轉身悄悄看著微暗的走道。
爺爺並不是只有今天才這樣怪怪的，他與人說話時的不流暢情況最近經常發生。
應該不會跑太遠吧？頂多是到附近的書店、便利商店或郵局，去去就會回來了。
當時杏是這麼想的。

走到庭院再度抱起小黃狗時，她聽見二樓傳來聲音。

「什麼！怎麼會有隻狗？」

是媽媽的聲音。爺爺也好、媽媽也好，都是她最不想遇見的家人。

「牠就在河裡，不知道是掉下去還是被丟掉，或是自己跑去的，嗯……反正牠就在那邊……」

志津仰著頭幫忙解釋。接著又轉頭對杏說：「是這樣對吧，對吧？」

這時，母親由美子已經以迅雷不及掩耳的速度從二樓走下庭院來。

「好好好，原來是這樣，別把莫名其妙的小狗帶回家來呀。不過更重要的是，你們有沒有看見爺爺？」

「有啊，剛剛看到他了。就在這裡。」

「爺爺說了什麼？」

「他說：『手衛指名習聯。』」

沒想到母親大吃一驚說：「糟了！他今天打算出遠門。他說過要去哪裡嗎？手上有沒有拿包包或什麼東西？帽子呢？」她急切地問杏。

「我沒有注意到包包，不過他的確戴著帽子，還拄著枴杖唷。然後還說

『全員到齊』之類的……」

「全員？糟了，一定是準備出席外科研習會。啊──他一直說很難湊在一起，原來就是說這個。到底現在哪裡還有研習會呀！你們看到爺爺卻……唉，真是的……」媽媽說，然後急急跑過那條走道。杏和志津面面相覷。

情況恐怕有點不妙。不過，這倒是個好時機。

媽媽滿腦子只有爺爺的事情，根本沒空想到小狗的問題。

「外科研習會？」志津又問了。

「嗯，外科醫師聚集在一起的讀書會，只不過這是幻想出來的。」

「幻想出來的？」

「嗯，爺爺會一下子回到自己還在當醫生的時候，一下子又恢復剛才那種正常的樣子，因為他得了一種叫做『失智症』的病。」

「失智症，生病……」這時志津終於點點頭。

可是，爺爺是在正常情況下出門的，走累了自然會平安回來吧。他回來看到不認識的小狗，臉上不知道會出現什麼表情。雖然很叫人擔心，但要是像剛才那樣，說不定還有一線希望。

到目前為止，曾經帶回家的動物有狗、貓、兔子、倉鼠和烏龜，爺爺一概都不准飼養。但今天的情況不一樣，這是隻被丟棄在河裡的小狗呀，都沒有人要救牠呢！

杏努力思考著把小狗撿回家的理由，同時望著母親慌慌張張跑出去的那條走道。爺爺的病情日漸嚴重，現在母親辭去了工作，幾乎把所有心思都放在照顧爺爺這件事情上。想到母親辛苦的模樣，內心深處就痛了起來，可是又想為這隻小狗做點什麼。

等會兒要是爺爺看到這隻小狗就生氣的話……對了，那就試著和他聊聊網球，因為以前只要和他聊到網球，他的心情總是很好。心情好了，說不定就會准許養狗了。

杏就是因為爺爺的建議才開始學打網球的。

小時候父母親忙著工作，都是爺爺代替他們陪在自己身旁。由於爺爺讀醫學院時也打過網球，所以儲藏室裡還有好幾把老舊的木框球拍。杏小時候總是把那些重得要命的球拍拿出來，幾乎是拖在地上般的胡亂揮著玩耍。爺爺卻總是一邊笑著、一邊望著手握球拍玩不膩的杏說：「杏選手打得很不錯喔。很有耐力。」

有時候，爺爺還真的把球丟給杏來打。要是僥倖打中了，他會拍手並誇張地稱讚說：「好球！這次打得很好！真是太棒了！天才！」

杏到現在仍然記得當時自己也很開心，心裡還想著：「網球真好玩。」

杏是在上小學之後才開始參加太陽網球學苑。母親和志津的媽媽是同事，所以四年來放學後的時間都是兩人一起在網球場度過的。

兩人加入太陽網球學苑之後，就會直接從學校到網球學苑去吃點心、寫作

業，然後用網球玩遊戲、跑跑步，從中一點一滴地學習網球。

多虧母親匆匆忙忙出門，姑且算是突破了兩大難關。這隻傻呼呼的小黃狗當然也就成功登陸仙崎家了。

正當杏忙著這麼想的時候，二樓傳來用力的腳步聲，這回是弟弟類衝下來了。

「小狗小狗小狗，在哪在哪在哪？」

哎呀呀。弟弟類自今年春天開始就是二年級了，他很喜歡動物、昆蟲和小鳥，總是在口袋裡偷放幾隻昆蟲。今天早上，他一隻手裡還握著三、四隻西瓜蟲❶。

「哇——怎麼有這隻狗？」

「撿來的。」

「太好了！怎麼這麼可愛，還好有你在。」

果然不出所料，弟弟高興極了。

接著，三人一起用毛巾幫小黃狗擦拭身體，輕輕將牠放在鋪了舊毛毯的紙箱裡，然後慢慢搬過長長的走廊，放在後門邊那個房間的泥地上。

杏的家是同一塊土地上的兩棟房子，一棟是靠路邊的診察室，另一棟是靠後面的兩層樓建築。杏和家人住在後棟，與前棟之間有一段蓋有屋頂的走廊相連。

後棟一樓的走廊兩側各有三個並排的房間，總共是六個房間。爺爺、奶奶還在這裡經營醫院的時候，一樓就是住院病患的病房，也因此房間才會這樣排列。爺爺負責外科，而奶奶就負責皮膚科。

這是個只有五張病床的小醫院。病房號碼還留在房門上，從右邊開始是一號、二號和三號房，左邊則是五號、六號房和洗滌室。因為怕不吉利而沒設四號房，這感覺很老派作風。

現在一號房是客廳，隔壁的二號房是杏的房間，面南正對庭院的三號房是爺爺的房間，他的對面是父親堆滿機械和工具的五號房，而最後一個房間就成了儲藏室，二樓是廚房、起居室和家人的房間；醫院還在經營的時候，

---

❶西瓜蟲（pill bug），體型呈長卵形的甲殼類動物，身長約一公分，受到驚擾時身體會捲成一團。

家人全都住在二樓。

杏清楚記得一樓的病房和洗滌室中有病人待在裡頭的畫面，有重症患者的時候情況更是特別，為了不讓二樓的聲音吵到樓下，大家都躡手躡腳地走路，交談時也像是在說悄悄話。

儘管如此，他們還是會忍不住吵鬧起來，這時，從不大聲罵人的爺爺就會壓低聲音說：「還不安靜一點！」

他一本正經的語氣多可怕啊！

現在這裡完全不見人影，長長的走廊上只有兩盞橘色的燈。

過了一會兒，杏把小小的握壽司湊到小黃狗的鼻尖上，從牠的表情完全看不出到底想不想吃，不過牠還是乖乖把拿在手上的壽司優雅地吃掉了。

三個人蹲在紙箱旁，熱切地看著小狗。

牠全身呈淡茶色，大大的眼睛好像隱約覆著一層白色薄膜，感覺有些迷濛。看起來不是太年輕的狗。

「這隻狗都不與人對看喔。」目不轉睛盯著小狗的弟弟說。被他這麼一說，小狗的眼裡也沒什麼精神。

「而且，這隻狗還沒出過聲音呢。不知道牠有沒有吠過？能不能發出聲音啊？」

總之是一隻悶不吭聲的小狗。

「是因為突然到了不一樣的地方，所以還搞不清楚狀況吧。不對嗎？」志津說。

三個人一直盯著看，小黃狗的眼睛愈瞇愈小，最後就像燈熄滅似的閉上眼睛。

「牠睏了。」

「一定是累了。」

「讓牠睡一下吧。」

「晚安。」

三個人躡手躡腳地離開小黃狗的身旁。

3 爺爺失蹤了

那天過了晚餐時間，爺爺依然沒有回家。

全家人圍著急忙趕回家的父親孝史，氣氛顯得十分凝重。

「我那時立刻追了出去，但到處看不到人……我還一直找……」母親垂下頭。

「對不起，我明明看到爺爺出去的……」

杏剛才完全沒想到應該問問爺爺要去哪裡；不但這樣，甚至還暗想爺爺出去得正是時候……。她壓根沒想到那時一句簡短的「手衛指名習聯」，竟然演變成這種情況。後來就只是知道和志津一直看著撿來的小狗，根本沒想到爺爺的事。

雖然沒人責備杏，可是……

接下來，所有人只得再度分頭去找爺爺。父親和弟弟類開車往南邊和東邊，杏則和母親一起騎腳踏車出發往北邊尋找。

附近已經是一片漆黑，還吹著寒冷的風。杏騎在前面，經過白天撿到小狗的山科川堤防後，繼續往山科車站騎去。

「哇，好冷！這就是櫻花盛開時節乍暖還寒的氣候吧。這麼冷的天氣，爺爺究竟上哪兒去了？他的肚子一定餓了……」杏對騎在後面的母親說，「媽媽，對不起。」

「好了好了，又不是你害的。」

「爺爺大概真的打算去參加外科研習會吧？」

「大概是吧。說到能讓爺爺提起勁想去的地方，就只有這個了，因為他多年來一直老老實實地在學習，對吧？」

爺爺很喜歡和患者一起切磋，那就是他日常生活的一切，所以即使生了病，還是不會忘記這個想法。

可憐的爺爺。要是能夠健健康康去參加真正的外科研習會就好了。

腳踏車的車燈一路照著堤防上排列整齊的石板。

路人的身影看起來都像是爺爺。

「爺爺會走這麼遠嗎？」杏轉頭問母親。

「不知道呀，因為爺爺的腿還挺能走的。」母親說。以今天這種情況來看，不知道該說是好還是壞。

從家裡出發慢慢騎了三十分鐘，來到明亮的山科車站，兩人這才鬆了一口氣。如果爺爺來過這裡，那麼他的下一步是什麼呢？想到這裡，杏驚恐地看著母親。

「不會吧？」

母親似乎也想到同樣的問題。「不會吧？要是他在這裡上了電車，那就沒輒了。不過，外科研習會到底在哪裡呢……」母親很快地說。

兩人在剪票口站了一會兒，注意看著進出的人潮，說不定爺爺就夾雜在人群當中。

車站前的廣場擠滿了人。每次電車一進站，就有許多人從杏的面前走過去。這麼多人卻連一個相同的人都沒有，杏愈想愈覺得不可思議。

仙崎雄一郎。身材高大，有點駝背。唯一的爺爺。他到底跑去哪裡了？

在車站停留了約十五分鐘，便沿著環狀線直接往南騎回家；從山科車站開始是一大段下坡路。

「也許爺爺已經搭計程車回家了；要是這樣就好了。可是，不知道他能不能清楚說出家裡的地址……」母親自言自語著。

快到家的時候，發現門口停著警車，車頂上的紅色警示燈不停地旋轉。兩人趕緊跳下腳踏車。

父親正在門口和警察說話。杏的心臟一下子撲通撲通跳了起來。

爺爺發生什麼事了嗎？

杏悄悄走上前去，警察正要把筆記本收進胸前的口袋裡。

「您說仙崎雄一郎先生是從三月三十日傍晚就行蹤不明。我們已經了解狀況，將會派員加強巡邏。」

警察敬禮後就迅速走出大門。

漫漫長夜開始了。父母親後來又開車去找了好幾次，杏和類不時到後面看看小黃狗。

「喂──」

叫牠的時候，牠微微張開眼睛，但又立刻睡著。

「只會一直睡。」

「大概是太累了吧。」

小黃狗一直閉著眼睛，偶爾還像在嘆氣般大大呼出一口氣。因為發生了爺爺行蹤不明這個大事件，父親和母親都沒注意到小狗，牠才能平安無事地一直睡覺。

爺爺疑似出門參加「外科研習會」的行蹤，終於因為八點接到的一通電話而真相大白。

「啊？你是說橫濱嗎？」

父親接電話的聲音都變了。聽到他的聲音，全家人都鴉雀無聲。

「請問一下，因為我父親目前是住在京都，那人說過他本人就是仙崎雄一郎嗎？喔，是，真是太讓人驚訝了，沒想到他跑去那麼遠的地方。實在想不到！」

父親又和對方說了一會兒之後，無力地掛斷電話。

「人平安在橫濱喔，真是太好了！難怪這附近都找不到。」

「聽說碰巧在橫濱遇到的人發現老爸的樣子怪怪的，就把他帶回自己家裡。從他身上的舊駕照得知住址，接著才查到這裡的電話。哎呀，遇到這麼好的人真是太幸運了。」

「真是太好心了。我本來猜到他可能是出了遠門，還真沒想到他會跑去橫濱。真是太好了。可是，不知道他是怎麼去的？」母親還是一副不敢置信的表情。

「大概是從門口搭計程車到京都車站。新幹線的班次很多，隨便搭上一班，碰巧就坐到新橫濱下車了吧。一定是這樣。」

「原來是碰巧啊……」母親這回是敬佩萬分。

「才不是碰巧呢！」一直靜靜聽著大人說話的類突然插嘴。「爺爺他呀，早就在日曆上做了圈圈的記號，說要去橫濱。」

「這事你怎麼沒早點說？」父親的聲音大了起來。

「因為，日曆上面的昨天和前幾天都畫上了圈圈的記號呀，而且也提過東京、大阪、名古屋和北海道。」

父親苦笑著說：「還說過什麼其他的事嗎？」

類小聲回答：「還說為了立正發表忙得要命。」

「『立正發表』？啊，是『病例發表』嗎？」

全家人都說不出話了。

「因為爺爺到現在還是醫生，對吧？」

「可惜的是，最近的病況好像有點愈來愈嚴重了，讓他帶錢在身上恐怕也會出問題。」

父親的一句話讓所有人更加沉默。

爺爺的失智症好像是從三、四年前開始的。三年前過年時發生的事情，杏到現在依然記憶猶新。

那年的一月三日，破天荒來了一大堆客人，有父親那邊的叔叔和姑姑、母親這邊的舅舅和阿姨、堂表兄弟姊妹們、同為開業醫師的朋友、學生時代的朋友、老交情的患者、藥廠的人、之前曾在家服務的多名護士，以及一向親近的鄰居們。

在那之前不久，爺爺就已經沒在看診，於是便把診察室和治療室之間的紙門拆下來，變成一個大房間。在這個寬敞的大房間裡擺上餐桌，這許多人就全聚集在這裡。餐桌上除了常見的年節料理之外，還擺著各式各樣的美味佳餚。

杏和弟弟類也莫名地興奮起來，明明沒什麼事也故意在客人之間跑來跑去。心裡十分雀躍，不知道接下來會有什麼節目。

過了一會兒，爺爺平靜地開始說話。

「請注意，請注意。今天，在難得的過年期間請大家來這裡聚會，實在很過意不去。」

這段話讓整個房間頓時鴉雀無聲。

「或許大家已經知道了，事實上，我罹患了阿茲海默症。」

房間裡出現詫異得說不出話來的聲音。爺爺以雙手做出制止的動作，然後繼續說：「當然，我也接受過專科醫師的診斷，從各方面考量後，認為情況的確是這樣。」

房間裡的所有聲音似乎全消失了。

在這節骨眼，原本趴在母親膝上的類突然抬頭看著母親大聲說：「『過意不去』是什麼？『阿茲海』是什麼？」

母親連忙對類說：「安靜，現在不能說話唷。」

弟弟像是感受到房間裡凝結不動的空氣似的，又反覆問著：「什麼？什麼？到底是什麼嘛？」

最後竟然嚎啕大哭起來。

爺爺彷彿為了壓過類的哭聲，一鼓作氣地說了起來：「目前還在所謂的第一階段，不過我遲早會不認得大家，我想最後連家人都會忘記。即使在路上遇見，也可能是一副不認識的模樣吧。我或許還能夠說話，但恐怕會說些奇怪的話。遺憾的是，目前的醫學雖然可以延緩病情惡化，卻還沒有決定性的治療藥物，連醫生都束手無策。要結束繼承自父親的醫院，我心裡自然感到十分遺憾，但我已經下定決心。所以特別選在今天，趁著還沒忘記大家的時候，再度鄭重謝謝各位長久以來的照顧。」

杏不是聽得很懂，但感覺得出爺爺好像在說什麼重要的話。坐在她隔壁的表姊由美在她耳邊悄悄說：「爺爺是在告訴大家自己生病的事喔。」

爺爺生病？

當時杏實在無法想像，身材高大、看起來那麼健壯的爺爺竟然會生病。

一直默默站在一旁就讀國中的堂哥自言自語地說：「阿茲海默症就是大腦會漸漸萎縮的疾病吧！」

爺爺的變化是從奶奶過世後開始的。

奶奶的專長是皮膚科，長久以來，一直和爺爺共同經營「仙崎外科・皮膚科醫院」。奶奶經常說：「我們兒子又不接管醫院，所以再工作一陣子就把醫院結束掉，之後就去旅行、悠閒過日子。我們工作一向辛苦，這樣做也不為過吧！」

然而就在奶奶停止診療工作之前，她突然去世了。一天晚上，在浴室泡澡的奶奶就沒有活著走出來。

之後，爺爺的看診工作又持續了一陣子，慢慢地小錯誤愈來愈多，忘東忘西的情況也愈加嚴重，最後當然無法動手術，就連簡單的治療也沒辦法。

爺爺自己注意到這個情形，而周遭的人也這樣建議他，於是便結束自他父親那一代就經營到現在的醫院。

爺爺彷彿把類的哭聲當成背景音樂般繼續說：「過去一定帶給大家很多困擾吧，希望你們多多包涵。還有，我真的非常感激，只靠我一個人是絕對無法經營到現在的。謝謝大家。謝謝大家。」

這時候，類好不容易停止了哭泣，沒想到卻換成此起彼落的啜泣聲。爺爺很尷尬地說：「哎呀，別這樣，不不不。這也是一種病呀，實在是無可奈何，但也不至於馬上就死掉，希望大家別害死我呀。」說著便雙手合十拜託，一時惹得哄堂大笑。

接下來，房間的氣氛變得十分歡樂。啤酒登場了，清酒瓶也遍布在各個角落，各方人士都來和爺爺說話。

「這正好揭開人生的第二序幕，何不就這麼想？出乎意料的平靜生活，或許過得更愜意呢！」

「如果在路上遇見了，我一定會叫你的！」

「仙崎醫師，請您無論如何要堅強地活下去，因為特效藥一定很快就會研發出來。」

「我也很高興能向仙崎醫師鄭重致謝。謝謝您過去多方關照。」

大人這邊的氣氛十分熱烈，而一旁的孩子們也玩得很開心，平常大人難得會買的零食和果汁，現在都可以盡情地吃、盡情地喝。

別具一格的聚會大約兩小時就結束了，診察室和治療室恢復原來空蕩蕩的模樣。自從決定結束醫院經營，桌椅和各式檢查器具之類的「醫療用品」就被一點一點地搬到外面，那時候這個房間已經和一般的儲藏室沒有兩樣。

爺爺發表失智症宣言之後，父親就對孩子們說：「爺爺以前很了不起。他以前能做的事，以後也許做不到了，甚至可能變成怪爺爺。到時候希望你們能想起今天，爺爺就是爺爺，他和以前一樣努力。千萬不要忘記這點。」

但杏依然不太明白。母親對她說：「以後也要好好聽爺爺的話喔。」

可是自第二天開始，爺爺就像一隻剛完成重大工作的熊一樣，動作慢吞吞的，整天待在房裡看書，要不就在起居室一角抱著膝蓋，一連看上好幾個小時的報紙。

爺爺果然不太正常。

杏並不是很清楚狀況，不過當時她的確這麼認為。

「我現在去接他回家。我要去橫濱。」父親站起身來。

「那就麻煩你了。對了，爺爺的確經常說有研習會喔。」

聽了母親這番話，大家都默默點頭。無意中忽略爺爺發出的訊息，大家都有些自責。不知不覺間，大夥兒變得不把爺爺的話認真當一回事了。

父親彷彿刻意要打破眾人的沉默，說：「好，現在出發還能趕上最後一班開往東京的電車。帶給大家這樣的困擾，還真是個愛惹麻煩的孩子呀。」

「不過還好沒有發生意外，真是太好了。幸好碰到好心人。」

看來母親是打從心底鬆了一口氣。

「爺爺絕對不會輸給惡運的，

對吧？」

「沒錯。」

接著父親就迅速準備，走向大門。

「今晚我會和爺爺找一家飯店住下。好，『手衛指名習聯』！」

「『手衛指名習聯』！路上小心。」母親、類和杏三人齊聲說。

父親咧嘴一笑，然後拉開大門，同時又說了一次：「手衛指名習聯！」

母親輕聲笑著回答：「手衛指名習聯。幫我們問候爺爺啊。」

父親輕輕抬起手，晃著他遺傳自爺爺的高大身影出門去了。

父親的腳步聲遠離之後，杏悄悄拉住母親的手。

「媽媽，過來一下。」

杏輕手輕腳地穿過走廊，把母親帶到紙箱前面。

「哎唷！剛才那隻狗還在！」

母親起初很驚訝，可是聽了事情的來龍去脈後便嘆著氣說：「那就沒辦法了，總不能把牠丟出去。就暫時收留牠吧。」

「太棒了！」

「該做的事還是要確實做到喔。先到警察局和衛生所通報，確實找出牠的主人，而在找到飼主之前的照顧工作，當然就由你來負責。」

「嗯，我知道。」

母親硬是憋住呵欠地說：「還有，不知道爺爺會怎麼說。他還在看診時總是說不衛生而不准養寵物，所以他可能會不喜歡。反正，一定要盡快找到牠的主人啦。」

「好——」

母親打了個大呵欠，然後邊轉動肩膀、邊走上二樓。

在房間微弱的燈光下，小黃狗發出規律的呼吸聲熟睡著。杏把手伸到小狗鼻尖確定牠有呼吸，又把手放在牠的背上，發現牠雖然熟睡著，身體仍微微顫抖。

「大概是驚嚇過度吧，因為迷路了。」

杏把手輕輕放在小狗頭上。

在新橫濱車站下車的爺爺心裡不知道有什麼感覺。儘管到了車站，但接下來該怎麼辦呢？他不知有多麼不安？

一定很害怕吧？爺爺。還好我們找到你了。

杏這麼想著，又再次用手確定小狗有在呼吸。

爺爺在第二天平安回家了。

「哎呀，我回來了，我回來了。好精采的研習會啊！」

大家望著爺爺笑瞇瞇的臉，異口同聲地說：「你回來啦，一定累了吧？」

全家都當爺爺是去參加外科研習會回來那般迎接他。

「不會不會，一點都不累。好玩極了。」

「太好了，不過大家都很為你擔心呢！」

「真是對不起。」

爺爺一定知道根本沒有什麼研習會，所以大家一致決定不要繼續追問。

然而接下來的兩天，爺爺就只是一個勁地睡覺，好像那場虛幻的外科研習會很累人似的。

到橫濱去接爺爺的父親說：「真是的！」他依然忿忿不平。

「見到他的時候，他還說：『咦？你怎麼到這種地方來？你來做什麼？』

後來就顯得不太高興。還對親切的那家人說：『真是傷腦筋，我兒子竟然不肯繼承祖傳的醫院。』就只有那種時候腦筋最清楚。我之所以不繼承醫院，只不過是因為我喜歡修理機械勝過修理人呀。他明明早就知道的。」爸爸就這樣嘮叨了一會兒。

幸虧發生了爺爺失蹤的事件，小黃狗第二天也悄悄在走廊的樓梯下方度過。爺爺大概是因長途旅行疲累，只是一味地睡覺，所以還沒接觸到小狗。媽媽也把全副精神放在注意爺爺的行動上，好像根本管不到小狗。

杏依照約定到警察局和衛生所報備，還製作了海報；那是擅長電腦的志津幫她做的。最先是貼在太陽網球學苑的置物櫃，接著，又在四月起即將參加的山科網球學苑那邊貼了三張，附近的超市和游泳學校、補習班的公布欄也都貼了，而去報備的派出所也幫忙張貼，就貼在連續爆炸事件通緝犯的照片正下方。

三月三十日中午在山科川撿到這隻狗。暫時收養在我家。是一隻體重十公斤的母狗。飼主請打以下電話聯絡。

海報的語氣冷淡，流露出「飼主別出現、也不要來」以及「希望飼主最好別出現」的想法。

「只是個形式對吧，形式。」

「這是要養在我家的一種手續。」

海報正中央貼上了坐在舊毛毯上的小狗照片；照片裡的小狗微微偏著頭，黑色的眼睛正望向這邊。

「牠的視線正對著鏡頭耶，這小傢伙究竟是何方神聖？」

「一定有人養的，對吧。不過叫牠坐下或握手，牠都不肯。」

「不知道叫什麼名字？」

這是自從撿到小狗之後最關心的事。

「雨露、瑪琳、小不點、小梅、小花、喬莉、奇可、五郎、麥克……」

她們找遍所有狗名來叫牠，可是不管用哪個名字，牠完全沒有反應。

「你呀，有點活力好嗎？」

「說真的，你應該想早點回到自己的家吧？」

話雖這麼說，杏和志津壓根就不希望小狗的飼主出現。

4 茫然若失的爺爺

應該說是不出所料，還是一如希望的結果，雖然張貼了海報，小黃狗的主人卻連一點即將現身的蛛絲馬跡都沒有。

「我說呀，你得趕緊想想辦法。你該不會以為這樣磨蹭下去，就能讓牠住下來了吧？」

母親已經識破了。

「就說我知道了嘛。我想，到處貼了海報以後，飼主一定會出現，因為狗狗實在太可愛了。」

「是這樣沒錯啦。」

杏暗自得意，並輕輕撥弄小狗的鼻子。

你這小傢伙可真幸運啊，只要趕快躲進自己的小窩就贏了。

因為沒有名字實在不方便，所以還是給牠取了一個；牠是隻幸運的小狗，便叫牠「Lucky」。雖然有點草率，卻是和志津、類三人一起想出來的。取了名字之後，更覺得牠是自己家的小狗了。

Lucky 似乎愈來愈習慣後門那塊泥地，牠靜靜地睡覺、乖乖地吃狗食，然後再繼續睡覺，偶爾還用牠的黑眼珠環視一下四周。牠不再像剛來時那樣身體微微顫抖，有時還會伸個大懶腰、打個呵欠。

這隻小狗始終安安靜靜，杏到現在還沒有聽過牠的叫聲。牠總是靜悄悄的，而且好像很冷的樣子，既不生氣也不笑。「氣若游絲」說不定就是用來形容類似小黃狗這種樣子。

爺爺從橫濱回來第三天了。和平常一樣，杏一早起床就沿著走廊到隔壁房間去看看爺爺。早晨的陽光照映在走廊上，亮得幾乎讓人睜不開眼睛。就在這刺眼的光線之中，蹲著一個又黑又大的影子。

爺爺？爺爺蹲在走廊上，目不轉睛地望著泥地上的 Lucky。

「爺爺！」

因為杏叫了這一聲，爺爺抬起頭來，Lucky 也突然站了起來，開始在毛毯上轉圈圈。

牠張開腿使勁地往右轉、往右轉、往右轉……

「喂，你好奇怪喔。Lucky，你怎麼啦？」

Lucky 依然不停轉圈圈。杏為了制止牠突如其來的動作，忍不住大喊：

「Lucky，Lucky！爺爺也來幫忙吧！」

於是爺爺就像挖土機般緩緩地伸出手臂，然後猛然抓住 Lucky。被抓住的 Lucky 就這樣很自然地跑到爺爺的腿上。

「哇……」

這下不得了，牠竟然偏偏挑上爺爺的大腿！

沒想到牠在爺爺的大腿上立刻不再亂動，彷彿終於找到舒服的地方那樣乖乖趴下。爺爺並沒有推開已經安靜下來的 Lucky，甚至還用他大大的手掌撫摸捲成球狀的 Lucky。

「……爺爺！」

杏提心吊膽地凝視著爺爺。爺爺一邊撫摸 Lucky，似乎一邊望著庭院的紅花，那模樣就像是他把養了很久的小狗叫到腿上來似的，一切都很自然，既平靜又安詳。而 Lucky 也乖乖讓爺爺抱著，甚至呼嚕呼嚕地睡起覺來。

怎麼會這麼投緣呢？對了，就趁這個大好機會。
杏小心翼翼地問：「爺爺，嗯……可以讓那隻小狗一直住在家裡嗎？」
杏這麼對爺爺說，但他默不作聲，只是望著陽光下的紅花。
拜託，現在可是緊要關頭呀！
不過，爺爺看起來雖然像是在凝視著花，其實並沒在看，他只是理所當然般的讓 Lucky 躺在大腿上。爺爺現在不知道在想什麼。Lucky 也像是理所當然的任由爺爺抱著。
這不可思議的光景根本是之前完全想像不到的。
這隻無依無靠又傻呼呼的小狗似乎也能完全感受到爺爺的心情。
但總算安全過關了。爺爺雖然沒有回答，光看這模樣也就足夠了。
過了一會兒，爺爺緩緩站了起來，彷彿怕打破易碎品般輕手輕腳地將熟睡中的 Lucky 放回紙箱。
杏小心翼翼地看著這一切，同時悄悄往後退，一直退到走廊一頭時，才握拳並高舉手臂比出勝利的姿勢。

新學期即將開始的前一天，杏帶 Lucky 去散步。

爺爺和 Lucky 的關係從那時起就一直很穩定，他總是愉快地望著 Lucky 吃狗食或盡情伸懶腰的模樣。

最近爺爺的心情起伏十分劇烈，只要事情沒順著他的意思，便開始亂摔東西或把東西踢到一旁。最讓母親感到無奈的是，爺爺會在收垃圾當天將別人家的垃圾收集到家裡來。

「我知道不能生爺爺的氣啦，但真的很希望他不要把垃圾全集中到診察室來。他大概還以為自己工作很認真吧……」

不止是母親，全家人都拿他沒輒，不過，爺爺和 Lucky 的關係還真的很不可思議。

說不定 Lucky 具有動物特有的天線，能夠偵測到爺爺的心意。

狗狗真是不可思議呀，雖然從牠的舉止完全看不出來。

杏摸摸 Lucky 的頭，幫牠套上繫繩。隔著門確認爺爺睡得正熟，才把 Lucky 牽出門外。

外面是晴空萬里的舒爽天氣，走個十分鐘就進入後山。杏爬上向陽那面山坡唯一的崎嶇小徑，枯草間處處綻放著紫花地丁，Lucky 就在這裡默默地撒尿。

「喂，別這樣。不要看到什麼就想靠近，不能過去喔。」

每當牠因紫花地丁而停下腳步時，杏就拉拉繫繩。

不知道為什麼，Lucky 突然低伏著身體叫了起來。「嗚——嗚嗚——汪汪！」

杏嚇了一跳，這是她第一次聽到 Lucky 的聲音，原來牠是可以叫出聲音的。

「什麼、什麼？啊！」

順著 Lucky 所瞪視的方向望過去，杏不禁倒退一步。有個近乎黑色的東西橫躺在滿是枯草的斜坡上。哇！是狗的屍體。

難得 Lucky 也露出牙齒繼續吠叫。

「知道了，我知道你會叫了。夠了，別再叫囉！」

Lucky 以讓人出乎意料的力氣企圖走近狗的屍體。正當杏用兩手扯住繫繩、想把 Lucky 拉回來的時候，突然聽到輕輕的腳步聲。有個少年從山頂上走了下來。

「喔！」

少年一看到狗的屍體便停下腳步，並立刻蹲在旁邊。

「喂，你怎麼了？傷到哪裡了嗎？」

少年湊近死去的小狗問著。

「剛死掉不久吧。好像沒有哪個部位特別受了傷，但又不是很老。」

一直自言自語的少年終於發現了杏。Lucky 已經迅速恢復平常老神在在的模樣。

「跑到這麼裡面來，害怕嗎？不覺得恐怖嗎？」

「嗯，嗯，還好……」杏回答。

少年緊緊抿起受到陽光直曬的嘴角。他把手上的東西扔到枯草上，開始撥開斜坡上的草。

他想做什麼？

杏想看清楚少年在做什麼。

少年穿著深藍色與白色相間的長袖休閒衫。他先把袖子捲到手肘上方，再用運動鞋的前端去刨土，接著又拿了一根掉在附近地上的木棒開始挖土。

「喂，你要做什麼？」杏忍不住問他。

「挖洞。」

不會吧？杏不敢置信，但還是問問看：「挖洞要做什麼？」

少年驚訝地揚起眉毛對杏說：「當然是要把這隻狗埋起來呀。」

「咦，咦——！」杏忍不住發出驚叫般的聲音。

他竟然要把狗埋起來，那麼可怕的事情……更何況，用那種木棒來挖山上的土，不知道要挖多久才能挖出那麼大的洞。

這個人是國中生吧？搞不好是高中生？

「喂……」杏忍不住開口說，「我家在附近，要我回去拿鏟子嗎？」

少年抬頭看著杏，彷彿刺眼得睜不開眼睛。「好哇。」他說。

他額頭上的汗水閃著亮光。雖然是這種時候，但這一瞬間，杏的視線還是忍不住停留在他的汗水上。

原來汗水就是這樣啊。這個人的汗有如泉水般不斷湧出。

然後，杏就拉著 Lucky 的繫繩，走下崎嶇的山路。

杏把 Lucky 放在平常那個房間的泥地上，從儲藏室拿出兩把鏟子。回到後山時，少年依然持續挖著洞。洞的輪廓已經成形，深度卻和剛才沒什麼差別。

「喏，我把鏟子拿來了。」

「謝啦。」

少年一把搶過杏帶來的鏟子，立刻奮力地挖起洞穴。杏也跟著有樣學樣地蹲在他身旁，把鏟子插進土裡。

好一陣子，兩人只是默默地挖著洞穴。

鏟子的力道實在很驚人。洞穴愈來愈大，空氣中散發著新鮮土壤的氣味。少年偶爾會這麼要求杏：「那邊那個角落再挖深一點。」

「好。」

「喂，別把土扔到我這邊來！」

「對不起，不小心倒在你頭上了。」

杏專心挖著土。汗水一滴滴落下，流進眼睛裡。雖然手腳沾滿了泥巴，但洞穴也愈來愈深，所以心情很好。

原來挖洞這麼有趣。

過了一會兒，少年說：「好，應該夠深了吧。」聽到他的聲音，杏才想起這個洞穴的用途。她斜眼瞄了山坡一眼，發現那坨黑黑的東西還是像剛才一樣躺在那邊。杏忍不住別開頭。少年把鏟子交給杏，然後開始在洞穴底部鋪上枯草。

少年鋪滿枯草之後，若無其事地抱起小狗的屍體，並輕輕放進洞裡。

哇……做得好……

呼吸有些急促的少年輕輕將枯草覆在小狗上面，然後把土蓋上去。

挖出來的土全部填回去之後，形成一座隆起的小丘。少年接著朝小土丘雙手合十。

原來如此，這就是小狗的葬禮。杏也有樣學樣地雙手合十。

「喂，你是和尚嗎？」杏問少年。

少年搖頭笑著說：「不是、不是，我只是幫這隻小狗回歸塵土而已。」幫忙啊……

「你不覺得恐怖嗎？」

「不會啊，這根本沒什麼。被生下來就活著，活夠了就回歸塵土，然後又被生下來活著，活夠了就回歸塵土，接著又被生下來活著……，這是永無止境的。」

兩人不約而同笑了。

少年將弄髒的雙手在腰間用力拍了兩、三次，然後揹起原本扔在枯草中的大背包。這時，杏看見他背包的拉鍊開了一個小縫，有個看起來像是網球拍的東西從裡面伸了出來。

啊，他也打網球呀。

當杏這麼想的時候，少年稍微搖搖裝著網球拍的背包，說了一聲再見，便以驚人的速度衝下山去。

雖然杏只是從旁協助，畢竟也像是做了件好事，所以心情十分輕鬆愉快。況且還第一次聽見了Lucky的叫聲。

太陽微微西斜，或許已經過了三點鐘。今天媽媽不是拜託我幫爺爺準備點心嗎？

杏也踏上剛才少年衝下山的山路，朝家裡走去。

拿點心給爺爺吃了之後，杏躺到牆邊的沙發上。

剛才那人帶著球拍，不知道他是哪個網球學苑的？

杏一邊想著這些事，一邊用眼角餘光觀察著爺爺。爺爺的牙齒不好，卻偏偏喜歡吃仙貝。最近他的牙齒又比以前更無力，總是得和不肯乖乖就範的堅硬仙貝展開一場大戰，這種時候，他顯然對周遭一切完全不感興趣，彷彿這世上只有仙貝存在似的。現在也是如此。

極度認真的眼神。只是專注地看著仙貝。那模樣就像動物，總覺得有點恐怖。杏清楚意識到，爺爺真的生病了。

爺爺從前會做的事情已經一點一點地漸漸做不到了。他以前明明很愛乾淨，現在手和嘴角卻都黏糊糊的。

爺爺吃完仙貝之後，杏給他送上溫茶；茶既不能太燙也不能太冰，萬一不小心嗆到氣管就糟了。

但爺爺還是喝得津津有味。

「爺爺，去洗手囉。」

「好，好。」

杏把吃完點心的爺爺帶去洗臉臺。兩人並排站在鏡子前洗手。

「水好冷喔。」

「是啊。」

杏仔細地將爺爺的大手洗乾淨。

「謝謝。」

「嗯。好乖。」

鏡中的爺爺流露著溫和的表情。和杏站在一起的爺爺，身材高到杏得抬頭望著他才行。

「啊，爺爺終於回到三歲小孩的階段了。」杏不假思索地說。

沒想到爺爺的表情突然變得很嚴肅，一把搶過杏拿在手上的毛巾。

糟了。說了不該說的話。

爺爺過度仔細地擦拭著手，同時目不轉睛地盯著杏。

「為什麼我會和杏兩人一起來洗手？」

「為什麼……」

若要說實話，那是因為爺爺一個人根本不會來清洗那雙黏糊糊的手。而且即使走到水龍頭，也不會打開。而就算會開水龍頭，也不會關，還會把旁邊弄得溼答答的……

「每次都這樣嗎？」

杏嚇了一跳，抬頭望著鏡中的爺爺，爺爺也回望著杏。

現在的爺爺是正常的。他正等著我回答，非得告訴他實話不可。

杏突然這麼想。

「……對呀，最近是這樣啦。」接著趕緊補充說：「不，我想爺爺一個人也做得到，只是我擔心萬一絆到東西跌倒就糟了，所以才……」

「這樣啊……」爺爺又點頭好幾次。他的臉逐漸往下垂，最後輕輕搖了搖頭。

「爺爺！」

杏讓自己的右手滑進爺爺手裡，他略帶溼氣的手立刻緊緊抓住杏的手。

「爺爺，對不起。」

杏牽著爺爺的手，緊閉著幾乎就要顫抖的雙唇，一直走到爺爺的房間。

病得不輕呢。這病真會捉弄人。

爺爺的為人明明一點都不壞呀。

他為病患著想，好學上進，總是誇讚我網球打得好。

偶爾腦筋恢復正常時，就知道自己的病情確實逐漸在惡化，這叫人怎麼受得了？

杏使勁甩甩頭。

不過說實話，即使很痛苦，還是希望爺爺能記得所有的一切，至少希望他永遠不忘記家人的長相和名字。假如這樣也是一種奢求，那就希望他忘記所有事情的那天永遠不會到來。還有，在找到治療這種疾病的方法之前，爺爺，請你一定要等著。

杏握著爺爺的手說：「爺爺，你要一直記得我的名字唷。仙崎杏，我的臉是長這個樣子。我也不會忘記爺爺的名字，爺爺是仙崎雄一郎。」

爺爺像是要拉起杏的手似的，然後前後搖晃。

「仙崎杏，仙崎雄一郎……也許我會忘記啊！」

「要是忘記了，不管幾次我都會告訴你的。」

爺爺用力點點頭，把另一隻手放在杏的頭上。

「爺爺的手好重喔。」

爺爺的手沉甸甸的，而且很溫暖。

「要再睡一下午覺嗎？」

「……」

走到房間之前明明這麼說的，可是爺爺似乎對任何東西都失去興趣，只是茫然地望著庭院。

離別一刻 5

從爺爺的房間回來時，起居室的電話響了。這個時間打來的電話，肯定是要推銷什麼。

「喂——」

「喂……」

話筒那端傳來略帶沙啞的女人聲音。

「請說。」

「請問是仙崎家嗎？」

那語氣就像小心翼翼從大門探頭進來詢問似的。

「是的。」

「是這樣的，我看見你們張貼的海報。」

杏腦袋裡的啟動開關立刻打開。

「是、是。」

「請問那隻小狗還在你家裡嗎？」

「是的，還在。」

「太好了！謝謝！我想那應該是我們一直在找的小狗。我現在就過去把牠帶回家，可以嗎？」

「啊，可以，請便。」嘴巴不由自主地說。

什麼！Lucky 的主人竟然出現了！

太讓人吃驚了。原來 Lucky 並不是被沒良心的主人丟棄的，牠的主人直到今天一直不停地找牠。這下糟了，必須立刻通知志津才行。

杏把自己家的住址和形同記號的招牌告訴電話中的女人，掛斷電話後趕緊通知志津。

「大消息！小狗的主人出現了！」

「哇——真的嗎？真是奇蹟！不可能的事情終於發生了！我馬上過去！」

志津也很興奮。杏接著又衝到 Lucky 那邊。

「喂，快起來，現在可不是睡大頭覺的時候。大事不好啦！」

Lucky 依然傻呼呼的表情，慢條斯理似地起床後，又仔細伸展手腳以及全身。

竟然得這樣匆忙地與你道別。沒辦法，因為你的主人出現了。

杏目不轉睛地凝視著小狗的每一個動作。她曾經一度決定要飼養這隻小狗、下定決心保護牠，但她沒有把這個想法告訴任何人。雖然這隻小狗不懂得討人喜歡，可是看起來還挺可愛的。要是早知道會這樣，大家應該先開個歡送會的。

「對了，讓牠去跟爺爺道別吧！」

杏抱起 Lucky 趕往三號房。原本討厭動物的爺爺，不知道為什麼單單接受了 Lucky，遺憾的是，現在他得和感情融洽的 Lucky 分開了。

「爺爺，爺爺。」

爺爺一如往常把電視聲音開得很大。

「Lucky 要回牠真正的家了，跟牠說再見吧！」

轉過頭來的爺爺一臉茫然，兩眼失焦地望著杏和 Lucky。

不行，現在電路沒接通。杏也搞不太清楚，不過爺爺和 Lucky 之間似乎存在一條看不見的電路，有時會接通，有時似乎又會斷電。

杏抱著 Lucky 回到後面那個房間。

「所以，你到底叫什麼名字呢？」這個答案也即將揭曉。這隻傻呼呼的小狗見到主人時，不知道會是什麼表情？杏彈彈小狗的黑鼻頭。「你真是一隻幸運的小狗。」

不過，剛才那通電話還真讓人嚇一跳。待會兒牠和主人的「重逢」可有好戲看了。再怎麼說，至少也會搖搖尾巴吧！

杏蹲在地上，摸著 Lucky 的頭。

你媽咪馬上就要過來了唷！

Lucky 依然一臉茫然。

杏和急忙趕來的志津站在大門口的招牌下方等待 Lucky 的飼主過來。過了一會兒，終於有一輛橘色車子打著方向燈逐漸駛近。

「啊，來了！」

一定是剛剛打電話來的那位佐佐木阿姨。

杏輕輕拉著繫繩走上前去，橘色車子停了下來，發出了拉起手煞車的沉悶聲音。車門迅速打開，一位女性從駕駛座跌跌撞撞地下了車。

「小不點！」

這位女性的年紀和母親差不多，身上穿著黑色圍裙。

「小不點！」

她再度叫喚並走近Lucky。

「請問您是剛才打電話的佐佐木阿姨嗎？」杏小心翼翼地問。

那位女性一邊撥開覆在額頭上的頭髮、一邊說：「啊，抱歉，我就是剛才打電話的佐佐木。真是太感謝你了，這的確是我家的小不點。小不點！小不點！」她蹲在Lucky前面，伸手摸起牠的頭。真是令人感動的重逢啊！

咦？原來Lucky的名字叫做「小不點」！之前明明也用「小不點」這個名字叫過牠好幾次呀！

杏把繫繩放長，然後觀察「小不點」。

「小不點，小不點，你怎麼迷路了？看你瘦成這樣……」

佐佐木阿姨胡亂搓揉著小不點的頭，一個勁地和牠說話。

可是，有點不太對勁。

杏目不轉睛地望著Lucky。

你在做什麼，Lucky？

喂，Lucky，再搖搖你的尾巴啊！

趕快撲到阿姨身上、舔舔她的臉呀！

大聲告訴她你之前遇到什麼事情，像是害怕、寒冷、擔心、提心吊膽之類的事。還有，你的名字也改成Lucky這件事。把這許多事情都說出來吧！

杏在心裡不斷教唆著，可是被阿姨抱在懷裡的Lucky只是一臉呆滯，乖巧而冷靜。

怎麼雙方的反應差這麼多？

總覺得有點美中不足。不管小狗的個性多麼穩重，見到多日不見而想念不已的飼主，應該表現得更加活潑才對。

原本還想看看Lucky雀躍的模樣……

「不好意思……Lucky，不，小不點牠……」

杏才開口，佐佐木阿姨就興奮地聊了起來。

「真是太謝謝你了。我好高興。我已經找了好幾天。都怪我不小心，沒把車庫的門關好，牠大概是從那裡隨意亂走出去的吧。我想牠自己應該沒辦法回來，幾乎是已經放棄了。真是太好了！我好開心、好開心！我可是從牠只有手掌一般大的時候就開始養了。不管我說多少次謝謝，都不足以表達我內心的感激。好了，小不點，我們回家吧。」

總覺得這畫面很讓人感動。眼看整起事件就要因為小小一通電話而圓滿解決……

「嗯，還有……」佐佐木小姐低聲說，「這小傢伙有沒有做出什麼奇怪的事、給你們添了麻煩？比如說半夜突然亂叫之類的……」

「沒有，牠幾乎一整天動也不動，是個乖寶寶。只是有時候會突然在同一個地方不停打轉，把我嚇了一跳。」

佐佐木小姐重重地點頭說：「牠就是這樣呀，我當初也覺得奇怪，便帶牠去看獸醫，結果醫師竟然說牠大概是罹患了小狗的失智症。」

「咦？失智症！小狗也有失智症？」

沒想到 Lucky 和爺爺得了同樣的病。

「那可真是讓我大吃一驚，因為打從牠小時候我就一直很疼牠。不過對我來說，牠依然是我的寶貝。所以，真的非常高興。謝謝，謝謝。」

佐佐木小姐又鞠躬了好幾次。

杏凝望著 Lucky。

「再見了，小不點！」

「謝謝你喔，真是太感激了。」

佐佐木小姐把 Lucky 放在前座，然後輕輕地打了方向燈。橘色車子漸漸加速，終於消失在視線以外。

兩人愣在原地好一會兒，志津才說：「原來 Lucky 的名字叫做小不點。」

「對呀，沒想到這麼普通，我們當時明明也叫牠小不點叫了好幾次。」

那小傢伙大概是明知道卻故意裝傻。不，也許真的連自己的名字都忘記了吧。

「即使見到佐佐木阿姨也是傻傻的，果然生病了。」

「和我爺爺得了一樣的病，或許就是因為這樣，他們才那麼合得來。怪不得……」

「杏的爺爺有因為要和 Lucky 分開而感到悲傷嗎？」

「沒有，好像還不知道小狗已經不見了。」

志津的表情蒙上一層陰影。「那樣也許比較好吧。不過，Lucky 這麼受人疼愛，真的很幸福。」

「果真是很幸運呢！」

雖然發生了許多狀況，Lucky 還是順利地回到主人身邊。其實我真的很希望牠能留下來，但也無可奈何。

「好，我們現在去把海報撕掉吧。」杏說。

志津簡單地回答：「對喔。」

於是，兩人騎著腳踏車出發，默默撕下好幾張 Lucky 望著鏡頭的海報。

「真沒想到事情會變成這樣。」

「嗯。」

為期九天的小黃狗風波就像風一般地掠過。Lucky 什麼都沒留下就回家了。喔，不對，我們因為 Lucky 的到來而發現爺爺讓人意想不到的一面。

杏把收回來的海報謹慎地放進腳踏車前面的籃子裡，突然覺得好疲累。

「杏，你爺爺要是發現 Lucky 不見了，一定會很沮喪吧？」

「嗯。可是不知道他什麼時候才會發現。」

「感覺有點可憐……」

內心似乎不希望爺爺發現這件事，然而要是他一直沒發現，那也讓人頗為擔心。

籃子裡的海報被風吹得飄飛起來。

不過，剛才 Lucky 的反應也實在是……牠望著佐佐木阿姨的樣子，簡直把她當成陌生人似的，虧她還那麼高興，實在有點可憐。

杏慢慢騎在志津後面。

爺爺的病情再這樣繼續惡化下去，就會像剛剛的 Lucky 那樣，遲早會把我忘記，到時候……就算是那樣的爺爺，我還會打從心裡像以前那樣喜歡他嗎？

不知不覺，志津的腳踏車已經騎到很前面了。

「仙崎杏，仙崎雄一郎。」杏試著唸出聲來。

即使爺爺不認得家人，還是要繼續叫他「杏的爺爺」。希望爺爺不要變成外人。

杏加速前進，籃子裡的海報飄了起來，舊毛毯上的 Lucky 也開始跳起舞來。

6 痛苦的重逢

四月八日，新學期開始了。

雖然滿懷期待，今年杏和志津依然沒被編在同一個班級。志津在三班，杏在一班。結果，Lucky 並沒有為兩位恩人帶來任何好事。

「什麼嘛，那傢伙！」一起看著分班名冊的志津失望地說。走廊上擠滿了人，歡呼聲和哀號聲此起彼落。

「五年級只有三個班級，但從一年級起就不曾同班過，這簡直是奇跡。」杏說。

「那傢伙就是這樣啦。」志津又把事情推到 Lucky 頭上。

因為分班的問題，兩人又想起才剛忘記的 Lucky。明明昨天才分手，卻讓人很想念牠，好像巴不得想再見牠一面。

雖然不能和志津在同一個班上，今年倒是又和志願當作家的林實同班。

他有點難相處，求知欲超強，心直口快，總是在距離大家一步的地方不停地做筆記。他究竟在筆記本裡寫了什麼呢？杏曾經湊上前去瞄了一眼沒闔上的筆記本，她在密密麻麻的文字當中發現一行字。

「咦，『夜之蜆中』？這麼寫是因為夜晚的蜆比較特別嗎？還是比較好吃？」杏這麼問。

「笨蛋，是『夜之靜謐』啦！就是指夜晚寂靜的樣子。」他打從心底瞧不起杏似的說。

從那時起，他就叫杏為「仙崎蜆」。

這還可以原諒，畢竟是因為自己的無知。不能原諒的是爺爺的事情。實對爺爺的病情打破砂鍋問到底後，竟然還冷眼旁觀地發表感想說：「終於壞掉了。」他把爺爺說得像機器還是什麼東西似的。實在是冷酷無情。

杏把這件事告訴母親，沒想到母親根本不理會，只說：「哦，是林內科醫院的小孩對吧，因為都是這個小鎮的同業，他們家一定也聽說了爺爺生病的事。別放在心上。爺爺的病就和心臟病、神經痛或癌症一樣，也是一種疾病。我們不會說患有心臟病的人是壞掉的人吧，所以爺爺並不是壞掉。」

可是當林實說「壞掉」的時候，杏一時之間也認為或許真是那樣。自己竟然也有那樣的想法，真是教人很懊惱。這不就和林實一個樣了？本來打定主意無論何時都要和爺爺站在同一陣線，怎麼會一時之間把最心愛的爺爺想成那個樣子？

仔細想想，以前父母親都要很晚才回家，一直都是爺爺和奶奶陪著我；沒有網球課的日子就窩在診察室裡吃點心或做功課，有時候就拿出球拍，在庭院裡和爺爺玩球。爺爺拚命救球的模樣真是帥呆了。

但是，想到現在的爺爺就……

林實竟然說「終於壞掉了」，這真是太過分了！

杏一直想著這些事情，這時導師時間提早結束的志津在走廊對她揮手。

兩人離開學校後先回家一趟，接著立刻騎腳踏車前往網球場。今天終於開始上課了，閃閃發亮的球拍穩當當地放在背包裡。

山科網球學苑位於山科車站後方，有一種靜靜佇立在樹林中的感覺。這所學苑很低調，感覺只有內行人才知道。踩著腳踏車衝上通往球場的坡道時，就已經聽得到打球的聲音。

「好棒的聲音！」

志津似乎有點興奮，臉頰都紅了。杏也是如此，一聽到那個聲音便雀躍得不得了。

她們小跑步鑽進寫著「山科網球學苑」的老舊拱門。右手邊是學苑會館，左手邊一直延伸到對面都是球場，多達五、六座，除了其中一座球場，其他各個球場上都有黃色的球在飛來飛去，或許因為今天是星期六，打球的人比平常多了許多。

當然，一個小孩都沒有。杏洋洋得意地望著眼前遼闊的紅褐色網球場好一會兒。

兩人推開會館大門，走向更衣室。走廊擦得亮晶晶，簡直可以當鏡子照了。更衣室的牆上掛著一個白色畫框，裡面放著外國女選手的大幅照片。

「這是目前世界排名第一的琴恩．南希吧。」

「感覺上幾乎可以聽到她的吶喊聲。」

她握著球拍的雙手拉到身後，正準備截擊飛至後方的球。她的嘴巴往兩側緊抵著，銳利的雙眼瞪得好大，四肢肌肉繃得緊實。照片下方貼著一張紙條，以粉紅色螢光筆寫著「只有攻擊！」這幾個字。

環視一周後，發現到處都貼著紙條。

「好球，好鞋，好球衣。」

置物櫃的門上也貼著「千萬別忘記運動前後的暖身操和收操」這句話，以及「嗜殺的本能是冠軍的條件」。

兩人不禁面面相覷，忍不住笑了出來。

「這玩笑開得還真大。」

「對啊，實在開過頭了，竟然還說什麼『嗜殺的本能』。」

不過，接下來可就笑不出來了。

兩人抱著新球拍跑到指定球場時，女孩們已經圍成一個圓圈，站在正中央的女性顯然應該是教練。

咦，時間還沒到吧？

杏和志津趕緊跑過去，圓圈迅速打開，讓兩人插進來。

「好，這樣十個人就統統到齊了。我是藤教練。請多指教。」

「請教練多多指教。」全體學員齊聲說。

「這個球隊是小學高年級、也就是五年級和六年級的球隊。年紀較小的請到兒童班去，年紀較大的人就請你到成人班去。」

這氣氛感覺和之前的兒童網球班完全不同。接下來照例是自我介紹。

果然不出所料，幾乎所有人都是兒童網球班出身的。不過，最後有個從東京轉學過來的人吸引了所有人的目光，她身材修長，全身穿著黑色球衣。好酷！

「我是六年級的水嶋遙，之前一直在麥村教室學習網球。」

周遭一陣譁然。

藤教練在那個名叫水嶋遙的女生後面接話說：「大家都聽過以前的溫布頓選手麥村紀生吧，就是那位麥村老師開設的網球教室。」

這時有人發出「哇——」的叫聲。

麥村紀生？有這號人物嗎？

杏偷偷望著志津，志津也是一頭霧水的表情。

「很高興有麥村教室的學員加入，大家要多多關照。」藤教練補充完畢便開始練習。

「好，那就分成兩人一組，先做五分鐘的揮拍擊球來鬆鬆身，然後依次練習截球、殺球。明白嗎？」

「明白。」大家齊聲回答。

除了杏和志津之外，其他八個人迅速解散至球場周圍。兩個人不知道該怎麼辦才好，因為一開始遲到了。

可是，揮拍擊球的時間只有五分鐘？那麼暖身操呢？

杏和志津面面相覷。

置物櫃的門上不是也貼了紙條，說運動前的暖身操很重要嗎？以前在太陽學苑時，每次的暖身操都做得很確實。

正當兩人嘟囔著的時候，教練走過來。

「你們該不會還沒做暖身操吧？」

「嗯……那個……」

因為教練說得太過理所當然，兩個人膽怯得不敢立刻回答。教練突然對著杏彎下腰說：「還沒做吧？你們兩個早該在進球場之前就先做好暖身操的，懂嗎？了解嗎？」

「是……」杏好不容易擠出話回答，並看看眼前教練的臉龐。她雖然曬得很黑，但眼睛很大，是個非常漂亮的人，鼻梁則挺得像山脈，閃閃發亮。由於她的鼻子高得引人側目，杏覺得看起來有點像女巫。

教練接著又對她們兩人說：「剛剛也對大家說過，這個學苑可不是好玩的，而是為了培育未來的溫布頓選手，目標是要打世界級的網球。如果你們不喜歡這樣，那麼最好現在就退出。」

咦？

杏和志津又不禁面面相覷。

這下慘了。完蛋了。阿一和小千什麼也沒說，還以為山科網球學苑頂多就是太陽兒童網球學苑的延續，可以開心地打網球，甚至還想說自己不是初學者，球打得也算不錯，所以可以游刃有餘。

「好，那就各自做五分鐘的揮拍擊球練習。喔，接著要向大家介紹我們的助理教練。喂──坂上君。」

教練朝著會館那邊舉起手，會館的玻璃門立刻打開，一個戴著黃色帽子的男生跑了過來。他全身上下穿著白色球衣，胸前那道紅線劇烈搖晃著。他幾乎沒發出聲音地跑了過來，並俐落地站到藤教練身旁。

「這位就是今後偶爾會來幫忙大家的坂上君。他是高中生，經常在這裡的其他球場練習，不過我請他偶爾來這裡陪我一起教球。」

藤教練對著重新集合過來的所有學員如此介紹，十個人的目光同時集中在這位高中生助教身上。

「請多指教！」全體學員大聲問候，這時助教也摘下原本壓得很低的帽子，向大家鞠躬回禮。

杏看到這個戴著黃帽子的人的臉，不禁瞪大眼睛。

這個人我在哪裡見過……我的確見過這個人。

對了！就是上次挖洞的那個人！

這才想起來，那名少年的大背包裡確實裝著一支球拍，當時還心想這個人在打網球。

真是太巧了。

原來他叫坂上君。

杏驚訝地望著坂上君，但坂上君似乎一點也沒注意到杏。他輕快地跑到球場右側揮了兩、三下球拍後，立刻擺出揮拍擊球的預備姿勢。他的對手是那個名叫水嶋遙的女生，不管是體態或姿勢，看起來好像都很厲害。

杏和志津一開始就遲到，於是就在球場角落的綠色長凳前慢吞吞地做起暖身操。杏一邊做暖身操，目光還一邊追隨著坂上君和水嶋遙。

揮拍擊球練習開始已經過了三十秒。

杏的視線緊盯著坂上君。

「好厲害……好帥唷。」

打得真是太漂亮了。動作確實且強而有力。沒想到曾經拿一根木棒笨拙地挖掘洞穴的手，竟然也能把球打得如行雲流水般漂亮。

就算是阿一，也沒打得這麼漂亮。

還有那位和坂上君對打的女生。

杏依舊半張著嘴，同時注視著穿著一身黑衣的那個女生的動作。

水嶋遙也打得很好。無論速度、姿勢或步法，看起來都很優雅而完美。

那個樣子竟然是小學生？實在太厲害了。為什麼她能夠那麼準確地擊球呢？真好。

杏對於之前在太陽網球學苑只是吃吃點心或閒散地打網球，感到有些懊悔。她知道大家的視線全集中在進行揮拍練習的這兩個人身上。

杏和志津一邊聽著坂上君和水嶋遙讓人聽來舒暢的擊球聲，一邊繼續做著暖身操。

五分鐘的揮拍擊球練習結束之後，水嶋遙輕快地從球場左半場跑過來，對著坂上君微笑。她臉不紅氣不喘地說：「謝謝！」

「不愧是麥村教室來的，打得很穩。」坂上君用球拍輕輕拍了拍頭，同時對水嶋遙這麼說，「姿勢也很好、很漂亮。」

「哇，好開心！」

受到那樣的稱讚，當然開心囉。

杏一邊聽著兩人的對話，一邊繼續做著暖身操。

伸屈雙腿，旋轉膝蓋，上半身前後彎曲伸展，轉動手腕、腳踝、手臂，伸展阿基里斯腱，還有跳躍以及左右橫向跳躍。

不施以反作用力，慢慢吐氣，同時把意識集中在目前伸展的部位……

杏做完最後的跳躍動作後朝藤教練的方向望去，發現她也正看著這邊，並用力點了點頭，於是立刻和志津兩人分別走進球場的左右半場。因為遲到的緣故，她的心情有些焦躁。

「請多指教。」

「請多指教。」

就算是好朋友也要有禮貌，這是在太陽網球學苑學到的基本禮儀。阿一和小千雖然很和善，但要是沒有好好行禮就會遭到嚴厲提醒。

就在沉甸甸的球拍和堅硬的球彼此不斷摩擦的時候，五分鐘很快就過去了。本來還對球拍滿懷激情的，現在卻一點也不樂在其中，不知怎地，只是一味地隨便亂揮。

兩人做完揮拍擊球的練習之後，立刻進行近網截球練習。藤教練和坂上君站在底線不斷地朝球網擲球，十人排成一列，依序上前貼近球網、把球截擊回去，連喘氣的時間都沒有。

「要在身體正前方擊球，不要揮動球拍！」

「身體要和球網成直角！」

「截擊可是網球的黃金武器啊！好，趁現在打下來！」

「把現在當成正式比賽。來，給它致命的一擊！」

哇！什麼跟什麼呀！

不僅是球，教練的激烈言詞也讓人非常驚訝，而這時候教練和坂上君兩人投出來的球也愈來愈強勁。每次兩名學員上前跑到球網前方把球截擊回去後，再沿著球網由右至左移動。天哪，沒完沒了、讓人厭煩的截球練習持續進行著。

水嶋遙的截球練習看起來很完美，似乎毫不費力，姿勢

也很漂亮，簡直像在跳舞。

真好，球打得那麼好。真讓人羨慕。

當水嶋遙來到旁邊時，杏不由自主地被她吸引了。正好就在這個時候，坂上君擊出來的球突然朝著杏的臉直飛過來。

慘了，看不見球。這是注意力散漫的結果，都怪自己不好。

雖然杏的臉上痛得幾乎眼冒金星，但是在那瞬間，她還想了這麼多。她迅速靠向左邊離開球場，這時感覺到鼻子好像有股溫熱的東西，伸手一擦竟然是血。

「啊——流鼻血了。」

坂上君從球網另一邊走過來。「還好吧？哎呀，衣服也沾到了。」他若無其事地說。接著用他手上的毛巾捂住杏的鼻子，讓她坐到長凳上。在這段時間，球場上的截球練習依然繼續進行，完全沒有休息。

「你剛才在看哪裡？」

「嗯……」杏倉皇失措地說不出話來。

「絕對不能讓視線離開球喔，不管發生什麼事，也要用球拍把球打到對方的半場。用鼻子是不行的。咦？」

坂上君突然把臉拉開一段距離，凝望著杏。

杏抬起臉，坂上君又對杏仔細端詳一番，然後明顯露出記憶的電路重新接通的表情。

「啊，你是上次那個人。」

杏很高興，大聲回答說：「對啊，就是上次小狗葬禮的那個人！」

「對對對，沒錯。這回你怎麼又在這種地方？」

這也是杏想問的事呢。

坂上君的表情有些害羞。「嗯，真是好巧。」說著便笑了笑。整齊而潔白的牙齒露了出來，汗水依然和那時候一樣如泉水般不斷湧出來，又沿著鬢角滑落。

「好了，已經沒問題了。來吧，要開始囉。」

坂上君確認杏的鼻血已經止住，於是又跑進球場。水嶋遙正望著這邊。覺得很開心，而且有點得意，坂上君和我可是朋友呢。

雖然鼻子周圍仍感覺到刺痛，杏還是再度衝進不斷落下的網球雨之中。

兩個小時咻地一下子就過去了，所有學員一起做完收操，這天的課程就到此結束。

杏推著腳踏車，和志津沿著山科川慢慢地走。

「好厲害、好厲害，真是太厲害了！」一向冷靜的志津一反常態，從剛才就一直興奮地說。

「真的，這個學苑太棒了。志津，不知道我以後能不能撐得下去？」

志津大笑著說：「沒問題啦，杏一定可以輕鬆自在地生存下去的。我也一定要生存下去。」接著又說：「那個叫坂上君的長得好帥，他揮拍擊球的動作簡直就像機器那樣正確無誤。」

「就是呀，帥呆了。其實……」

杏高興起來，便把上次遇見坂上君的事情告訴了志津。

「哦，原來是這樣，還真是痛苦的重逢啊。不過，坂上君給人的感覺真的很不錯。」

不管是誰都會這麼想，網球打得那麼輕快、確實且又強勁有力。

「真開心。沒想到他是我們的網球教練。我一定要把球打好！」

吹拂在山科川堤防上的風讓發熱的臉頰十分舒服。太陽下山後，山科川也逐漸失去亮光，愈來愈昏暗。

志津的情緒依然很亢奮，她突然高舉雙手大喊：「哇──竟然一下子就要參加溫布頓了！管他是鎮內大賽、區域大賽、京都大賽、西日本大賽還是全日本大賽，全部統統跳過。溫布頓萬歲！」

杏也隨口喊：「溫布頓，等著我們吧！」

「阿一、小千，請拭目以待！」

不知道為什麼，兩人愈來愈亢奮。

溫布頓、溫布頓……，那麼厲害的溫布頓到底是什麼？

就在兩人突然辭窮的時候，杏問：「說實在的，嗯，溫布頓是什麼？」

志津聽了差點跌倒。「英國倫敦有個叫做溫布頓的地方，就是在那裡舉辦的網球大賽啦。」她正經八百地告訴杏。

「哦，原來是這樣。」

面對志津，什麼問題都可以問，但要是問林實，早就被罵「笨蛋」了。

「我們可別放棄網球呀，對吧。」志津靜靜地說。話題回到原點，目標突然變低了。

「嗯，我不會放棄的，因為我很喜歡網球。要是能夠一直和志津打雙打就好了。我知道自己差你一截，不過我會努力求進步，我會加油的。」

志津默默地點了點頭。

在與志津分道揚鑣之前，兩人一直推著腳踏車。

「那麼再見囉。」

「嗯，再見。」

杏望著志津的背影消失在大樓的陰影之中，然後一股作氣地把車騎回家。她使勁踩著腳踏車踏板，速度一下子變得飛快，一路吹的口哨飄散在風中。原來那個人叫坂上君啊，今後只要去山科網球學苑，隨時都能見到他。從今天起，要在這個學苑裡好好加油才行。

杏在心裡對自己這麼說。

7 氣球

那天到家之後，正想把腳踏車牽到陰暗的走道時，差點就撞上突然跑出來的爺爺。

「哇！爺、爺爺，我回來了。」

「手衛指名習聯。」

哎唷，怎麼一見到我就說「手衛指名習聯」？這個時間要去哪兒呀？

杏根本不打算理睬。可是爺爺的確戴著他最喜歡的帽子，還拿著枴杖，她冷靜之餘也緊張了起來。

「爺爺，你現在要去哪裡？」

爺爺挺起胸膛說：「百貨公司呀。那麼，手衛指名習聯。」

他似乎有點迫不及待，看起來很開心。

不妙。杏抓住爺爺的手臂。非在這裡問個清楚不可。

「手衛指名習聯。那麼，你要去百貨公司買什麼？」

爺爺一臉詫異。「飼料呀。飼料沒了吧？」

「飼料？什麼飼料？」杏一說完才恍然大悟。如果是飼料，一定是指狗飼料。他發現 Lucky 不見了嗎？

這時爺爺又以瞧不起杏的語氣說：「這種事你都不知道？飼料已經都沒了呀。你真是不負責任。」

「不負責任？」

爺爺甩掉杏的手，又說：「我得趕緊去買，飼料沒了。」

果然是指 Lucky 的飼料。爺爺似乎以為 Lucky 仍然養在家裡，還要吃飼料。

冷靜，冷靜。

「爺爺，Lucky 已經回去自己的家，所以已經不在我們家了。」

爺爺板起臉孔瞪著杏看。「胡說！那是不可能的。」

這下沒輒了。

「爺爺、爺爺，好好好。飼料還有很多喔，沒問題的，所以不必去百貨公司啦。」

「這樣嗎？那就好。」

「嗯，還有很多。來，我們進屋裡吧。」

「不行，搞不好真的沒了。我要去百貨公司。」

爺爺說什麼也不進屋裡。

「放心，飼料還有很多呀！」

「在哪裡？你真的看到了嗎？」

爺爺再度以嚴厲的目光瞪著杏。危險。好像愈來愈複雜了。不過，爺爺說得沒錯，因為家裡到處都沒有狗飼料。

杏一時說不出話來，但下一秒又剛好想到一個話題，而且是現在的爺爺也依然最在乎的話題。

「病人……」

「哦？你說病人怎麼了？」

果然被吸引過來了。

「病人好像在等你耶。爺爺，你是不是約了病人？」

沒想到爺爺立刻抬起頭說：「對啊，經你這麼一說，才想起我約了一個溼疹病患，我得想辦法讓他舒服一點。之後好像還有一個要更換術後紗布的病人。」一說完便迅速轉身，快步進入屋內。

太好了。總算順利解決。

如此輕易就被話題引開的爺爺實在很可愛，卻也讓人覺得很可憐。然而他威風凜凜的步伐看起來又充滿受人依賴的自信。

這也難怪，因為他還健康時是位幹勁十足的外科醫師。杏曾在窗外看見手術前的爺爺，他穿著綠色手術衣，臉上的表情與平常的他簡直判若兩人。

爺爺好厲害。

當時那引以為傲又想對人炫耀般的心情，杏到今天還記得清清楚楚。

杏呼出一口氣。

爺爺，剛剛是騙你的，真對不起。只不過要是不這麼說，不知道你又要跑去哪裡了。總之，無論如何都要把你留在家裡才行。

希望爺爺已經忘記 Lucky 的事了。剛才突然對他撒謊，希望他不會生氣。希望以後說話不會愈來愈複雜。

看見爺爺打開大門走進屋裡後，杏把腳踏車牽進車棚。

不過，真的嚇了一大跳，爺爺果然還記得 Lucky 的事，實在不能太小看他。

杏迅速溜進爺爺開了沒關的大門。她的房間是三號房隔壁的二號房，在進房間之前，她悄悄打開三號房的門瞧瞧。房間的牆邊和地板上都是書，電視的聲音迎面襲來，床上也堆著書，而爺爺就抱著膝蓋、拱著背坐在書堆裡看電視。

不管怎樣，這聲音也開得太大了。杏悄悄走進房間。爺爺的頭不自然地垂在胸前。

什麼？原來已經睡著了。

杏才剛把電視關掉，爺爺便立刻醒來，並突然坐起身子。這時，有一本紫色封面的書從他原本抱住的膝蓋上掉到地板上。

「啊，把你吵醒了，真是對不起。」

「怎麼，原來是杏呀。」

是啊是啊。

太好了。爺爺似乎已經沒打算要去買東西了，就連為溼疹煩惱的病人以及要換紗布的病人的事情也都忘記了。

杏撿起爺爺掉在地上的書，書名是《軍醫——仙崎源太郎從軍的日子》。

啊，又是這本書。最近爺爺老是拿著這本書。

仙崎源太郎是爺爺的父親，同樣是外科醫師，也就是杏的曾祖父。

在曾祖父的時代，日本發生了戰爭，許多士兵都從日本遠渡南洋從軍。曾祖父以醫生身分跟隨著軍隊，負責為士兵治療，而這本書就是那兩年期間的日記。

曾祖父過世後，爺爺整理了他的日記，以軍醫的紀錄做成一本書，他一定是希望能讓很多人都讀到這本書吧！

以前爺爺曾經拿這本書給杏看過。「這是有關戰爭的重要紀錄喔，你長大後一定要看。」

如今爺爺要不是把這本書當成枕頭、就是抱在腿上，無論何時都片刻不離。書的封面已經破舊，顏色也褪得厲害。

「爺爺，你為什麼那麼喜歡這本書？它是你的寶貝嗎？」

上次杏這麼問的時候，爺爺神情凝重地說：「沒錯，它是爺爺的寶貝，裡面有很多具有參考價值的治療案例。」說著還挺了挺胸脯。

母親聽了爺爺的話，忍不住笑著說：「哪是在讀什麼治療案例啊？爺爺根本只讀自己出場的部分。」

「什麼嘛！」

「爺爺的父親很疼愛孩子，日記裡總是提到孩子們的事情。當時年紀只有六、七歲的爺爺應該是最常出場吧，像是收到他寫來的信啦、愈來愈會畫畫啦，以及尿床的毛病又怎樣了之類的事情。」

「尿床！」

「他還滿掛念的，因為這些日記都是身處在戰場上、不知道能不能活到明天的時候寫的。人真是很不可思議。」

與母親聊到這個話題是不久之前的事情。可是現在，爺爺究竟能不能好好讀懂曾祖父的日記都很難說，他發呆的時間比以前更多，而且愈來愈少主動說話。

杏把曾祖父的書遞給爺爺。

「來，這是你的寶貝書。」

爺爺一接過書，便立刻把它放到藍色枕頭下。

「爺爺，為什麼要放在枕頭下呢？」杏故意促狹地問。

爺爺不好意思地笑笑說：「寶貝東西當然要放在枕頭下呀。」

了解。然後兩人同時笑了笑。

太好了，看起來爺爺已經把病人和小狗的事情都忘得一乾二淨，只活在當下。

第二天早上，杏被一陣拖動某種大型物品的聲音吵醒了，接著又聽見門不知被什麼東西大力撞擊的聲音。

她跳起來看看時鐘，才六點。過了一會兒，又聽見相同的聲音。

「到底是什麼東西啊……」

杏到走廊上看看，一直被當成客廳的一號房門是開著的。她跑過去探頭一看。

「咦，怎麼回事？」

這個不算大的房間窗戶邊緊挨著三輛腳踏車，而穿著睡衣的爺爺就站在腳踏車旁邊。

「爺、爺爺……」

「喔，早啊。」

爺爺好像才剛把腳踏車牽過來，手還放在車把上，並喘著氣。

冷靜！

杏穩住聲音說：「爺爺，這些腳踏車是怎麼回事？你從哪裡牽回來的？」

爺爺挺著胸膛得意洋洋地說：「它們原本是放在路邊，但這樣會阻礙通行吧，所以我就把它們牽回來保管。」

「保管？為什麼要牽進屋裡來？」杏的音量忍不住大了起來。

為什麼？為什麼要把腳踏車擺在房間裡？

「是我一個人去把它們搬開的，因為那樣會害得大家都不方便。」爺爺依然挺著胸，彷彿完成了什麼大事似的。

真是的！爺爺是傻瓜！竟然這麼一大早就穿著睡衣跑到街上，還把別人的腳踏車牽回家裡來。

杏啞口無言。這時父母親也慌慌張張地跑下樓來。

他們看見一號房內的景象也忍不住張口結舌。

「這究竟……」

「爺、爺爺……，這些腳踏車到底是從哪裡弄來的？」

過了一會兒，父親才爆著青筋說：「爺爺，這些腳踏車都是有主人的。他們現在一定找得很著急，不趕緊歸還不行。」

「它們停在路上，擋到路了。」

父親的青筋爆得更厲害了。「胡亂停放在路上的腳踏車的確會造成困擾，可是把別人的腳踏車擅自牽走，那可是小偷的行為耶！這些腳踏車到底是哪裡牽回來的？」

「路上呀，它們就停在路上。」

「所以才問你是在哪裡的路上呀？」

「就是路上啊，你聽不懂嗎？」

爺爺的表情愈來愈兇。杏沒看漏，爺爺這時有點不安地直眨著眼睛。他已經忘記腳踏車是從哪裡牽回來的了……

母親似乎立刻明白狀況，說：「對、對，多虧爸爸把腳踏車搬開，路才變得暢通，對吧，杏，你說對吧？」然後突然轉向杏。

「呃，嗯，也對啦。」

杏勉強回答，爺爺這才板著臉，一語不發地走回自己的房間。

三人面面相覷。

「愈來愈麻煩了。反正，先處理這些腳踏車吧。」

「我們漸漸管不動他了。」

三人各自推了一輛腳踏車到庭院去。

「一定有人正因為找不到車子而傷透腦筋吧。不管怎樣，待會兒就先送去警察局吧。」父親說著便上二樓去了。

慣常的早晨作息方式展開了。杏躡手躡腳地穿過走廊，從門縫往三號房裡偷看。

爺爺躺在床上，將那本紫色的書打開並蓋在臉上。從他胸部規律的起伏看來，他應該是睡著了。

他把全家人搞得雞飛狗跳，竟然還能睡得這麼無牽無掛啊。

真是夠了。

杏走近床邊將爺爺臉上的書拿開，他花白的濃眉抽動了一下，然後又發出濃重的呼吸聲，進入熟睡狀態。

杏把視線轉移到拿起來的書。爺爺最近老是拿著這本書，而且似乎特別喜歡這一頁，好幾個地方都有摺痕，也髒得特別明顯。

我來看看。

七月八日

昨天晚上開始下雨，南國戰場的雨季來了。前線暫時相安無事，雖然很危險，但我還是到十公里外的街上去買雄一郎的布鞋。雄的腳丫現在不知道多大了。看起來他可以穿的大概只剩下一雙，所以就買下了。

雄，你就穿著這雙布鞋，開開心心地和家裡新來的小狗去跑跑吧。

嘿，家裡新來的小狗啊，原來爺爺特別喜歡這一頁。不過你也太為所欲為了，把這頁蓋在臉上，心想著自己做了好事，然後就迅速作起美夢來了。但接下來我們大家就得去找腳踏車的主人，大家都被你害慘了。

今天是四月九日，學期開始的第二天。新的學期，新的網球學苑，還有逐漸在改變的爺爺。

杏覺得自己的雙手好像抱著一個吹得好大的氣球。

8

拋球和丟球

花季也結束了，時序進入五月。每天就是學校、網球場和家裡一再重複，活動路線是標準的三角形。

班上同學對放學後便立刻回家的杏說：「今天也是晴天啊？要是下雨就好了。」「如果不下雨，就不能和杏一起玩了。」

「嗯，我有時候也會想，要是下雨就好了。」儘管杏嘴裡這麼說，但一放學她的心總是立刻飛到網球場去。不對，是網球會呼喚她。

她很喜歡網球。球場上乾爽的氣味和輕輕掠過腳邊的風都讓她感到十分雀躍，還有，就是一定會在球場某個地方的坂上君。

即使是在很遠的球場，也能夠一眼認出坂上君。他的身材特別高，動作又格外引人注目，總是戴著黃色帽子，並把帽簷轉到後面。

杏對同學揮揮手，離開了教室。其實她真的很希望能和班上同學一起玩，只不過今天心情有些凝重，因為練完球就要發表七月底即將舉行的青少年網球選手選拔大賽的參賽名單。

雙打有兩組，單打五名；換句話說，十人當中至少有五人會選上。

這一個月內明顯進步的志津一定會被選上，但我恐怕是沒希望了……杏毫無獲選的自信。除了前溫布頓選手所調教出來的水嶋遙是最頂尖的學員，大家各有拿手絕技。雖然杏的揮拍有時會得到讚美，但開球太弱了。

拿手絕技竟是耐力強的揮拍擊球，這不管怎麼說也實在太平凡了，一定沒希望……

杏的心情很複雜。她把背包裡的球拍拿出來扛在肩上，雖然心裡有數，心情還是很沉重，一想到不知誰會獲選，無論什麼時候都靜不下心來。她匆匆走出校門。

她一如往常走上通往球場的上坡路，然後衝進更衣室。

「早啊！」

「啊，早！」

六年級的水嶋遙獨自在更衣室換衣服，她今天也穿著黑色背心和黑色褲裙。她的身高高到杏得抬頭望著她。

「嗨，請問你有多高啊？」杏問她。

「嗯……目前大概是一六八吧。」

「一六八公分！比我足足高了十五公分呢！我好像在跟二樓的人說話。」

「什麼二樓的人！」

兩人不約而同地笑了，然後想起昨天教練說的話。

「仙崎，感覺上你的身高和球技都沒有什麼長進。雖然在揮拍方面耐力十足，但發球方面就很吃虧了。」

這個我知道呀，只是……

教練的目標是要培育出最強勁的網球選手。這是唯一的目標，也就是要把沾滿泥土的原礦琢磨成寶石。看來，教練正以嚴厲的眼光為十名原礦般的女孩打分數。

「那我先過去了。」水嶋遙一邊做著肩部伸展動作、一邊走出更衣室。

水嶋是已經琢磨一半的優質原礦，而志津似乎也是個品質不錯的原礦。

那麼我呢？

杏往球場跑過去，並像平常一樣眺望整個球場。

哎呀！坂上君好像也還沒到。

這一天，杏上了球場也沒辦法穩住心情，總覺得身邊的人都打得比自己好。她連帥氣的救球動作也做不出來，只有揮拍還算有耐力……

好懷念太陽網球學苑唷。

那時只要追著球跑就行了，真是好玩。打不好也是理所當然。真想再回到太陽網球學苑打球。

杏一邊想著、一邊追著球打，突然聽見教練大喊：「喂！不要放棄！」

這時正在進行個人賽的練習。對手是緊追在水嶋遙之後、被公認是第二名的狹間美樹。

飛過來的球偏向球場左邊，幾乎是在最角落；這種球就好像你明明在京都，它卻落到北海道去似的。要是在平常，杏就會跑過去，幾乎整個人轉過身，然後盡可能伸長右手反手回擊，如此打回去的球就會是高球。可是她今天不想救球，不想大老遠跑去救那種球。

杏慢吞吞地走到接發球的位置時，教練跑過來再次對她說：「剛才那一球為什麼半途就放棄了？你在偷懶吧。」

我明明在京都啊，而那是跑到北海道的球……。杏在心中暗自辯解。

教練又說：「你如果老是放棄而不做出動作，漸漸地就會連打得到的球也打不到了。還有，偷懶的姿態可是很難看的。」

「可是……，了解！」

「沒有什麼『可是』，不管打不打得到球，總之就是不能放棄救球。你最厲害的一招是底線抽球，對吧？你要努力不懈、保持耐力，讓大家都比不上你呀。」

杏一旦被逼急了，就會從底線使勁打出高球以便死裡逃生，這是她的拿手絕技，她卻覺得這招和靠殺球獲得關鍵分數似乎無法相提並論。

「下次要是再這麼隨便就不要來了。我看你是不想打球了。」教練毫不留情地說。杏看見在對面球場上等著比賽繼續進行的狹間美樹誇張地打了個大呵欠。

這一個月來，杏也漸漸了解每個隊友的特質。水嶋遙的近網攻擊和發球都漂亮得教人為之神往。狹間美樹老是喜歡貼近球網打球，充分展現她嗜殺的本能。野間同學擅長從較高的位置殺球。而那個叫做下山久美的女生體態很輕盈，殺球和發球都很厲害。

至於志津嘛，杏覺得她在這一個月裡進步很多。

「截球和殺球都進步了唷。」杏對志津說。

「嗯，只要貼近球網，管他對方是誰，自然會想讓他嘗嘗我的截球或殺球。嗯，說不定這就是海報上寫的『嗜殺的本能』……」志津說，自己也感到很詫異。

杏很羨慕這樣的志津。真酷。

「如果有一百球打過來，就回擊一百球，老老實實地一路打下去，即使沒有出色的攻擊，也和做出攻擊是一樣的。」太陽網球學苑的小千曾經這麼告訴我們。

可是，這裡不一樣……

就像貼在更衣室的海報上所寫的「只有攻擊」，不斷地打、不斷地進攻，這就是這裡的網球。教練說要有耐力，然而杏覺得這點好像和大家說的相差十萬八千里。

雙方你來我往，就等著對手出現失誤，那樣的網球實在是……；還有，好不容易等到近網的機會，萬一失誤了……。杏不敢對任何人說，不過她實在很怕接近球網。她輕輕嘆了一口氣，擺出迎接狹間美樹發球的姿勢。

這天的練習之後，全體學員到裁判臺前集合。

「好，現在宣布青少年網球選手選拔大賽十二歲以下組的參賽名單。」

教練的聲音讓嘈雜聲立刻安靜下來。

「嗯，」教練翻開黑色筆記本。「嗯，我和助教商量的結果是水嶋、狹間、東、仙崎……」

「咦……」

就在唸到「仙崎」的名字時，四周響起尖叫般的聲音，幾乎蓋過了教練的聲音。

杏的心臟一下子熱了起來。

真的嗎？剛才真的叫到仙崎的名字了呀！

「哇，教練，這是已經確定的名單嗎？」

「哪有這種事？」

「沒搞錯吧？」

這陣譁然久久停不下來，而造成喧囂的原因就出在自己身上，一想到這裡，杏覺得自己的心臟愈來愈熱，好像做了什麼壞事似的。但是，教練又若無其事地繼續說：「安靜！雙人組代表是水嶋和狹間以及東和仙崎這兩組，單人組代表則是水嶋、狹間、東、下山、加藤五個人。」

這回轉換成可怕的死寂。

「好，那麼這次的青少年網球賽就請這六位加油了。因為是十二歲以下的項目，所以請目前十歲和十一歲的人也從現在開始努力練習，希望明年能夠上場。」

教練的這番話讓杏忍不住大喊：「請……請問，真的是仙崎嗎？」

杏和志津都才十歲，這實在太驚人了。

教練瞥了杏一眼，笑也不笑地說：「當然啊，已經決定了。」

哇塞！我竟然要和志津一起上場耶！

教練說是她和助教商量之後的結果！

杏悄悄望向志津。志津的視線一與杏相交，就展開笑顏並點點頭，但可以明顯感覺到周遭射來極度不滿的憤怒眼神。

大家應該都很忿忿不平。暫且不提揮拍擊球，自己無論是截球或殺球都不怎麼樣，更糟的是開球也軟弱無力，這樣的人怎麼會被選上呢？雖然心裡很高興，可是，啊，該怎麼辦才好？

生平第一次出現這樣複雜的心情。

教練彷彿想掃去杏和所有人心裡的嘈雜聲，於是揮了揮手說：「好，希望今年也能獲得優勝。團體賽是理所當然的，男生組和女生組也是每年都會拿到優勝喔，懂了嗎？請大家繼續維持我們網球學苑的聲譽。」

她大聲疾呼，感覺好像女巫在山頂上指著天空大吼似的。

回家時和志津緩緩走在堤防上。傍晚的山科川堤防吹著格外清爽的風。

「太好了！」志津突然在杏的背上用力拍了拍。

「真是不敢相信，簡直就像奇蹟。這個青少年網球賽可是日本有名的大賽啊！」

「是呀，聽說在這個比賽獲得優勝，是將來成為一流選手的最快捷徑。」

「哇，真的嗎？我一定會努力，絕對不會扯志津後腿的。啊，我能成為選手，說不定是托 Lucky 的福，是那個小傢伙為我帶來意想不到的好事吧。」杏說。

志津卻不以為然地搖搖頭說：「還說什麼小黃狗，牠已經是過去式了。不要再借助什麼小狗的力量，這是杏的實力呀，實力。拿出自信來！」

志津的話使得杏忍不住笑了出來。

那隻狗是過去式了嗎？雖然志津說那是我的實力，但是……

那麼，難道是坂上君那一票有獨排眾議的效果？

不不不，不可能。這樣想著，自己都覺得害羞了。

半是高興，半是困惑。今天去球場的路上和現在返家途中的心情差別還真大，根本就沒想過自己能和志津一起參加青少年網球賽的雙人組比賽。

「再見囉，明天見。」

杏一如往常在同樣的地方和志津分道揚鑣。附近的天色還很清亮，河水映照在川邊大樓的牆壁上，五月的夕陽遲遲不落下。

銀色的水、綠意盎然的堤防，都是每天司空見慣的景色，然而今天感覺特別漂亮。

大賽的日期是七月三十一日。七和三十一。都是杏喜歡的奇數。

回家要先告訴誰呢？一想到這個問題就忍不住感傷。

其實，聽到這個消息最高興的人一定是爺爺。

杏的腦海裡浮現出爺爺最近的模樣：和堅硬的仙貝搏鬥、盯著音量超大的電視，還有把紫色的書當成枕頭，整天只是昏沉沉地打瞌睡。

不過沒關係，因為這可是大好消息呀。就先跟爺爺報告吧。

杏把背包重新揹好，朝著回家路上快速奔馳。

這時，杏感覺背後有人，說時遲那時快，一輛腳踏車立刻隨著一陣風從杏的旁邊呼嘯而過。

「啊，是坂上君！」

黃色帽子，加上白色運動衫和黑色短褲，這的確是坂上君今天的打扮。

「坂上君——」杏不由自主地朝白色背影大喊。耳邊傳來一陣尖銳的煞車聲。

已經衝到十公尺前的坂上君回過頭來說：「怎麼是你？」

坂上君回頭對杏一笑。在河水的反射下，可以看到他的牙齒閃閃發光。

「嗯……那個……」

想問他的事情一下子全湧上來。

「什麼事？」

「我被選為青少年網球賽的選手了，可是……」

「是呀，怎麼了？」

坂上君依然騎在腳踏車上，只是把穿著大鞋的左腳穩穩地踩在地上。

「嗯……嗯……我是在想，為什麼我會被選上？」

「為什麼嘛，理由很多。」

「我的網球打得很不好，發球也很差勁。」

坂上君深有同感地猛點頭。「沒錯，是很差勁啊。然後呢？」

「為什麼我這麼差勁卻還被選上？大家好像也都感到很意外。」杏說。

坂上君不耐煩地回答：「即使這樣還是被選上嗎？別胡說八道了。」說著便要騎上腳踏車。

杏差點因為這句話而退縮。但是……

杏抓住坂上君腳踏車的龍頭說：「還是請你告訴我吧。我的發球那麼差勁，究竟是為什麼被選上了呢？」

什麼說辭都好。只希望能說些讓我有自信的話。

坂上君輕輕搖了搖頭，一副很沒輒的表情下了腳踏車。

「這個嘛，仙崎，你的發球確實很差勁，不過揮拍擊球倒是很不錯。」

「揮拍擊球？但我打出去的球並不強呀。」

「我也不太清楚為什麼，不過你的揮拍擊球有種奇妙的彈力，再加上你的底線抽球耐力也很夠，除了你之外，沒人有這種能耐。你和東的搭配也很好。殺球和截球都是強力武器，但在底線發揮耐力也是很有效的武器，所以這次我投了你一票。」

就在這一瞬間，杏的心中突然湧起一股暖流。

他和教練兩人一直仔細地觀察我，他所說的話和太陽網球學苑的小千一樣。雖然我這次被選上，大部分的學員都感到很不滿。

「嗯……」

「還有什麼問題嗎？」

不是啦……

杏支支吾吾的。坂上君開始推著腳踏車往前走去。杏趕緊跟在他身後。

「嗯……嗯……我最不擅長發球了，要怎麼樣才能做得好呢？」

坂上君停下腳步說：「你一定常被教練唸吧。照她說的去做就對了。」

「但還是不太……」

說到一半，杏突然覺得自己很悽慘，差點掉下眼淚。

優柔寡斷。不夠穩重。力量不足。抛球不佳。握拍不靈活。還有其他一大堆問題。

全——部都還不會。

看到杏這麼沮喪，坂上君突然近乎滑稽地驚慌失措起來，他眨眨眼睛認真想著。

「最大的原因是什麼呢……」

坂上君趴在龍頭上繼續思考。兩分鐘……三分鐘……他終於抬起頭來。

「應該是抛球吧。一定是因為抛球不好。教練也對你說過吧，就是它在破壞一切。」

「拋球……」

「拋球，是拋球！一定是這樣。只要球拋得好，一定能夠順利發球！」

坂上君彷彿發現什麼大事似的拍拍杏的肩膀。

「喔……」杏茫然地應了一聲。

「好，現在就到下面的公園來試試拋球吧，我幫你看看。」坂上君斬釘截鐵地說。然後也不等杏的回答，便自顧自地騎上腳踏車，使勁踩著踏板衝下堤防。

「等等我，等等！」杏把背包重新揹好，趕緊隨後追去。

杏跑到堤防下的兒童公園時，發現坂上君已經坐在溜滑梯的階梯上，正朝著天空不停地拋擲黃色的網球。公園裡已經沒有人了，太陽終於要下山，周遭也一點一點地變暗。

「喂，試試看吧。」

坂上君突然把球丟向逐步走近的杏。杏默默接過球並點點頭。

她右手握著球拍，雙腳拉開與肩同寬的距離，吸一口氣，用左手把球往頭頂拋去。

就在這時，坂上君突然大喊：「不行不行！不行不行！位置不對。試著加把勁，再拋高一點。」

她又試了一次。

「不行不行！那樣子怎麼打得到球？球拋得太前面了，別讓球轉動。」

再來一次！坂上君氣沖沖地說。

「喂，你要想成現在是真的要發球，想像前面就是球網，再過去是發球區。同時要利用右手來保持平衡。兩手要同時高舉，就像高呼萬歲那樣。」

接著只是要求杏對著天空拋了好多次、好多次的球。

大概拋了三十多次，坂上君終於說：「好，就那樣、就那樣。就是剛剛那個位置，輕輕把球放到頭上剛好的位置。對，就是那種感覺。」

哇——真開心！

「用球拍將你放在空中的那顆球丟向對方球場。」

「丟？用球拍？」

「就要用這種感覺來使用球拍。球拍可是手的一部分呀！」

只要這樣想就行了嗎？

「我覺得好像懂了。謝謝。」杏向坂上君道謝。

坂上君說：「嗯。不要忘記剛才那個位置喔。到大賽之前，嗯……」他扳了扳手指又說：「還有兩個月吧。好，你就每天練習拋球，還有丟球，這樣一定可以進步的。要每天練習喔，讓身體習慣。對了，那顆監視的球就留給你，免得你偷懶。」

他說著指了指杏手上的球。

「監視的球？是！我會努力的！」杏故意立正站好回答。

坂上君架式十足地說：「沒錯，這樣就對了。」

杏忍不住笑了出來，說：「你這樣好像校長喔！」

坂上君又擺出更誇張的架式，就像古代君王那樣故作穩重地說：「嗯，那是一定的。」

接著他就跳上腳踏車。他讓腳踏車靈巧地穿過遊戲道具之間，全身沐浴在正逐漸亮起的街燈下之後，不一會兒便消失在微暗的暮色中。

杏目送腳踏車的背影，心中暗暗下了決定。

一定要熟練發球！拋球，丟球。

坂上君這麼說，所以我就這麼做。我要贏得比賽，讓大家發出驚嘆聲，要成為志津最可靠的搭檔。

杏將坂上君送給自己的球緊緊握在手中。

拋球，丟球。拋球，丟球……

9 記憶深處的小狗

杏一邊打著「拋球、拋球、拋球」的節拍，一邊走過「仙崎外科・皮膚科醫院」的招牌旁邊。當她走到庭院前面時，突然發現一個人影。

嗯？誰呀？

走進庭院，她驚訝地停下腳步。

爺爺站在微暗的庭院中，腳邊還有一隻小狗。

「爺爺！」

「咦？Lucky？爺爺，這隻小狗……」

為什麼 Lucky 會在這裡？牠應該已經回家了，應該在佐佐木阿姨家裡才對呀。

爺爺以平常的語氣說：「手衛指名習聯。」

「……手衛指名習聯。我回來了。那是 Lucky 嗎？喔，不對，應該是小不點！」

儘管杏叫了小狗的名字，但牠連尾巴都沒搖動，只是乖乖坐著。從這態度看來，一定是Lucky錯不了。

「爺爺，為什麼小不點在這裡？」

爺爺大聲說：「牠才不叫那種怪名字！你真是沒禮貌。這是里丸！」

「里丸？這什麼名字呀？」

爺爺什麼也沒說，只是蹲下身子，一個勁笨拙地摸著小不點的頭。

「爺爺！」

杏目瞪口呆。爺爺完全記得Lucky，而且他們倆的感情看起來比以前更好了。

這時家裡的大門開了，母親探出頭來。

「爺爺，你在那裡啊，太好了。哎呀，還牽著小狗！我在廚房炸東西，視線才離開一會兒，你就不見人影了。」

「媽媽！」

「啊，你回來啦。來，爺爺，快進來屋裡。來，快。」

爺爺毫不猶豫地把繫繩交給杏。他一消失在門後，母親就重重地嘆了一口氣。

「這隻狗又寄養在我們家了。」

「咦？寄養？什麼意思？」

「剛才佐佐木小姐到家裡來，說她住在九州的母親突然生病了，然後便急急忙忙趕往九州。」

母親說，由於佐佐木阿姨是一個人住，所以不在家時沒人可以照顧小狗，所有認識的人都問過了，最後實在傷透腦筋才找上我們家。

「哦，原來是這樣。九州很遠吧？」

「是啊，一開始我想我得照顧爺爺，本來是要拒絕的……可是看她那麼困擾，實在看不下去就答應讓她把小狗暫時寄養在我們家了。對吧？」難得母親也拍了拍 Lucky 的頭。

原來是這麼回事。

杏覺得很不可思議，剛剛才和志津聊到許久沒提到的 Lucky。

原來這個小傢伙注定要經常住在這個家。真是愈來愈有意思了。

不過，爺爺的變化也很不可思議，有一次還說要去買狗飼料，而他望著小狗的眼神也很溫柔。

再來就是里丸了。

就杏所知，爺爺並沒有與名叫里丸的小狗有過任何接觸。但說不定是在遙遠的從前，當他還是小孩子的時候曾經養過的小狗，或許就是那本日記中提到的「家裡新養的小狗」吧。

這隻小狗的本名叫「小不點」，後來被取名為「Lucky」，現在又有了「里丸」這個新名字。

「呵呵呵，你竟然有三個名字，實在太貪心了。」

杏輕輕揪著牠的耳朵，但牠只是傻傻的毫無反應；無論什麼情形，牠都打算裝聾作啞到底。

這天吃完晚餐後，杏像平常一樣幫爺爺刷牙。在廁所裡，她把牙刷遞給爺爺的同時說：「爺爺，我呀這回被選為選手了唷！」

「旋手？」

「沒錯！很厲害吧，是青少年選手選拔大賽雙打的選手。」

「……」爺爺拿著牙刷發呆。

真是的，人家特地把這個大新聞告訴你耶！看我來把你叫醒。

杏抬頭望著爺爺大聲說：「仙崎雄一郎！」

爺爺果然清楚地答了一聲「有」。

太好了！這下爺爺沒問題了。

「爺爺，我被選為網球賽的選手了唷。」杏又說了一次。

鏡中的爺爺突然開心地說：「這樣啊，太好了。」

「哇——爺爺最棒了！太好了！」

除了小狗之外，他還是關心我的。

爺爺認真地看著杏，點了好幾次頭。

因為種種原因，Lucky 又再度住進一樓走廊盡頭的紙箱裡。一般來說，小狗到處改變居住地方應該會感到混亂，Lucky 卻還是叫也不叫，只是偶爾快速打轉而已，就這樣安安靜靜地度過每一天。

里丸和爺爺的感情很好。

「手衛指名習聯。里丸。」

爺爺每天早上都會認真地這樣對 Lucky 說，他的「手衛指名習聯」不單單是「早安」，感覺還包含了「乖寶寶」、「好可愛」、「又看見你了」等各式各樣的意思。

Lucky 聽到爺爺的話會有反應，牠會抬起頭，慢慢搖晃尾巴。但即使杏和弟弟類扯著嗓子在牠耳邊大喊，牠也一副事不關己的表情。

「好討厭喔，牠對我們完全沒反應，為什麼對爺爺就有呢？」

「牠大概知道這個家是誰在當家吧。」

「那傢伙有這麼聰明嗎？」

「個性有點討人厭。」

全家人七嘴八舌地嘲弄牠，但在早晚餵食的時間，牠還是靜靜地把飼料吃完。爺爺總是目不轉睛、充滿憐愛地望著里丸吃飼料的動作。

爺爺並不是在看著 Lucky，而是看著明確留在記憶深處那隻名叫里丸的小狗。

「爺爺，里丸是什麼？」杏問爺爺。

爺爺不太自然地挺起胸膛說：「是隻好狗呀。一隻完美無缺的小狗。」

完美無缺的小狗？指的是這隻沒精打采、傻呼呼、不討人喜歡又悶不吭聲的小狗嗎？

杏憋著笑再度確認。「爺爺小時候養過一隻叫做里丸的小狗，對吧？」

「不是不是，不是小時候養的。里丸是我現在養的狗。」

雖然爺爺這麼說，不過他小時候一定養過一隻叫做里丸的小狗。

「懂嗎？是我養的狗。」

杏目不轉睛看著爺爺一再強調的表情。他說到小狗的時候，花白而蓬亂的眉毛下方那對眼睛確實生氣勃勃。

以前無論怎麼懇求，爺爺是絕對不會讓我們飼養動物的，一想到這裡，最近的他簡直就像變了一個人。

回到遙遠少年時代的爺爺實在很令人擔心。當 Lucky 變成里丸時，爺爺就是個少年。

當他把母親叫成「媽媽」時，全家人頓時鴉雀無聲，那是吃完晚餐、母親正要把爺爺帶到二樓房間的時候。爺爺平常都是叫母親為「由美子」的，那時爺爺卻問：「媽媽，遠足是哪一天？」

該來的終於還是來了。懷著有點可怕又有點可憐的心情，大家都沉默不語，只有母親回答：「哎呀，春季遠足已經因為下雨取消了。真可惜。」

爺爺乖乖地點點頭，然後跟著母親下樓。

然而要是回到「現在」，爺爺就還是個外科醫師。看報紙時，只要看到「抗生素」或「免疫療法」之類的醫療用語，就趕緊拿起紅色鉛筆要畫線，可是下一秒又不知道要把線畫在哪裡，於是便畫在「倒店大拍賣」或「梅雨鋒面」之類的地方。雖然這麼說很過分，不過真的很好笑。

爺爺的「現在」並不是真正的現在，有時他又會滿懷感傷地察覺到突然降臨的「真正的現在」。

爺爺最近的拿手絕技是朗讀。他喜歡的那本封面是紫色的《軍醫——仙崎源太郎從軍的日子》更是片刻不離手，有時還會大聲地慢慢唸出來。

「給辻伍長注射羅基農和黑撒其拉命。鳥在鳴叫。嗶——康康，嗶——康下，康康康……吃了榴槤。吃了芒果……」

弟弟類喋喋不休地提出問題：

伍長是什麼？

羅基農和黑撒其拉命是什麼？

那種叫聲很奇怪的鳥是什麼鳥？

榴槤是什麼？

芒果是什麼？

曾祖父去打仗的南方島國叫什麼？

杏只知道辻伍長大概是個姓「辻」的士兵，羅基農和黑撒其拉命好像是藥品名稱，榴槤和芒果是水果，至於南方島國以及曾祖父的用藥則一無所知，更別說是戰爭了。

父親對杏和弟弟類說：「有很多身在南方島國的士兵一心一意盼著要回日本，卻不幸戰死了，曾祖父在幾乎沒有什麼藥的情況下，仍持續為士兵治療，這些事情在日記裡都寫得很清楚。他們每天遭到很多次轟炸而四處逃竄，真的非常危險。儘管如此，還是持續不斷地寫日記。」

「真是了不起，換做是我就沒辦法寫了。」

「我也是。」

杏和類都點了點頭。

母親感觸頗深地說：「他一定是覺得，只要一直寫日記，就能和日本的家人有著某種聯繫吧。」

正當大家欽佩不已的時候，爺爺又一本正經地唸起書來。

「嗶——康康……」

「真有叫聲那麼奇怪的鳥嗎？」

類的一句話惹得大家都笑了。

在那之後，佐佐木小姐的母親身體還是沒有完全康復，所以她得經常往返京都和九州之間。

「真的非常抱歉，還得再麻煩您一陣子。」佐佐木阿姨十分過意不去地說。但有小不點在，我們全家都很開心。小不點變成里丸的事一定要保密。

Lucky 從走廊角落目不轉睛地盯著站在門口的佐佐木小姐，她正把蜂蜜蛋糕和明太子的包裹拿給母親。

「小不點，要乖乖聽話喔。」

就算佐佐木小姐叫喚牠，牠只是莫名其妙地望著她。

爺爺對 Lucky 十分疼愛，牠在仙崎家的地位不知不覺愈來愈高。

就拿牠的名字來說吧。一開始從「那隻撿來的狗」變成了「Lucky」，在得知牠的本名後，便叫牠「小不點」或「佐佐木阿姨的狗」，而現在則是光明正大地喊牠「里丸」。儘管 Lucky 的名字已經變成里丸，爺爺還是和牠很親近，只不過牠始終傻呼呼的，幾乎沒什麼改變，實在是一隻很不顯眼的狗。Lucky 雖然很幸運，卻因為大家圖方便而有了三個名字，而牠依舊一臉傻呼呼的表情，繼續扮演三個角色。

「手衛指名習聯。」最近每天早上，爺爺都會對準備出門的杏這麼說。而有一天早上他竟說：「球拍帶了吧？」

杏的心裡突然一陣感動。

爺爺知道這件事！

不管在屋裡還是在庭院，杏每一天都拿著黃色球不停往空中拋，爺爺一定在某個地方看著她吧。

杏很高興，她在門口高舉著球拍，清晰地大聲說：「手衛指名習聯！我帶著球拍呢！我七月三十一日要參加青少年網球選手選拔大賽唷！」

然而就在杏這麼說的時候，爺爺的注意力已經轉開。

「里丸的飯飯，里丸的水……」爺爺只是不停地東張西望。

唉，真是敗給里丸了。

杏不管這麼多，仍然在爺爺面前慢慢地揮了揮球拍。

「爺爺，你以前常說亂打很重要，對吧？托你的福，我現在可是亂打高手喔。」

爺爺以前把揮拍擊球稱為「亂打」。杏再度揮動球拍，當成是在亂打。

揮拍擊球的最基本動作是左手跟著扶住球拍，身體並不張開，而且球拍不要拉得太後面。

「爺爺，現在網球很少拉拍了，這是為了避免來不及接球。這和爺爺教我的有點不一樣。」

杏就像在說給自己聽似的。爺爺有一瞬間露出了「喔」的表情，接著立刻轉過身去望著里丸。

嗯，算了。

「我要出門囉！」杏對著爺爺的背後大喊。

10 喜悅和不甘心

大家盡量利用梅雨放晴的空檔，持續不斷地練習網球。

為了指導單人組的作戰方式以及雙人組的互動方式，教練的聲音不時飛向球場中的選手們。

「站在那種地方要怎麼防守啊？現在就是正式比賽，想像一下，想像現在就是正式比賽！」教練用尖銳的聲音大喊。

「仙崎！第一球就要扣殺！截球之後不可掉以輕心！立刻準備迎擊第二球！動作再俐落一點！

「仙崎！你發球發成那樣，怎麼辦呀？」

教練的聲音讓杏覺得自己打的每一球，都成了眾人特別注目的焦點。

瞧，又失誤了。

什麼嘛，那麼軟弱無力的發球。

那樣也配當選手？

眾人的目光這麼說著。狹間美樹尤其毫不掩飾，她每次換場就對杏低聲說：「你的成績也關係到團體優勝喔，可別扯大家後腿。」或是「你的發球還要多練習。」以及「跟你搭檔的東同學真是可憐。你根本就是個累贅。」

杏只是默默地把這些話當成耳邊風。

表現完美無缺的水嶋遙看到杏失誤時，她漂亮的臉蛋會微微皺起眉頭，那表情像是在說：「這女生實在叫人傷腦筋。」這也讓杏感到很有壓力。

但坂上君不是說過了嗎？

底線抽球耐力很夠，沒人有這種能耐……

教練也這麼說過：「東和仙崎這個組合很好，兩人的呼吸配合得恰到好處，這點很好。這是雙打最基本的要件，是戰鬥力的一部分。」

杏每次失誤，便把教練和坂上君的話像唸咒般在心裡反覆默念好幾遍。

我不想扯志津的後腿，也不想辜負教練的期待，更希望能讓大家「哇」地跌破眼鏡。

「最重要的是練習呀，練習。不練習不行。」杏出聲對自己說，趕走差點打退堂鼓的想法。

梅雨在前一天的大雨和雷聲中隆重結束，終於進入了暑假。比賽已經迫在眉睫。

七月二十五日。

傍晚練習結束後，全體學員圍著教練聽訓。

「還有一個星期。選手要注意調整身體狀況，避免受傷。選手打球時，其他人也不能認為這不關自己的事，只是傻傻的在旁邊觀看，而要想著：『如果是自己來打這一球，就會從這邊進攻』、『這時應該把球吊高』，或是『發球必須瞄準這個角落』之類，試著自己擬出比賽流程。」

就在教練說話的同時，有人在杏的背後竊竊私語：「發球時得瞄準好路線，某人做得到嗎？」

杏正想轉過頭，志津卻悄悄壓住她的背。

志津微微搖了搖頭，給杏一個「別理會，別理會」的眼神。

「好，今天的練習就到此為止，各自做完收操後就回家。今天的值日生是東和仙崎，請把球網放鬆，將球送回會館。」

「是！」聽到教練的指示，杏和志津齊聲回答。周圍響起噗哧的笑聲。

別理會，別理會。

「謝謝教練！」

大家確實做好收操後，便推開球場入口的圍籬走了出去，留下杏和志津兩人。這時又聽到不知是誰發出的輕笑聲。

球場一下子安靜了下來。環視周遭發現，隔著好幾重圍籬的遠處球場上好像還有四、五個人在比賽，除了人影之外，還聽得見拍手和歡呼聲。四周已經開始出現漂亮的彩霞。

「志津，拜託一下……」杏對著正忙於把球丟進球車的志津說，「能不能幫我看一下發球？」

「好啊！」志津毫不遲疑地說，然後立刻跑到對面的半場。

杏走到底線的發球位置，立刻把球往上拋。

不讓球旋轉。

把球輕輕放在天空。

球拍是手的延長。

杏像唸咒般地一邊唸著這些句子、一邊依樣做練習，之前不知重複做過了多少次？

調整一下呼吸，舉起球拍。

「呀——」

差強人意的球越過了球網。志津不慌不忙地接住杏的發球，回擊了一個漂亮的球。

「好球！不過力量要再加強一點！」對面的志津喊道。

「知道了！」杏這麼回答之後又開始發球。

接下來，杏發出的所有球都被志津輕而易舉地接住，偶爾還以厲害的快速球穿到杏所在的那一個半場。

我的發球果然沒什麼力量。

自己心裡也很清楚，可是到底該怎麼辦……

不知道是第幾次正準備發球的時候，志津身後的圍籬突然有個人影走近過來。

啊，黃色的帽子。是坂上君。

坂上君把雙手放在圍籬上，彷彿在說「好，打過來」那樣直勾勾地望著杏這一邊。真是讓人有點心跳加速。

杏格外小心地拋了球，然後將球拍朝著飄浮在空中的球使勁往下打。感覺上打到了，球漂亮地飛了出去。志津輕輕鬆鬆接住球，再精準地擊回到杏的腳邊。

怎麼樣？進步了吧？

杏的心裡這麼想著，並望著圍籬邊的坂上君。他不知道在想什麼，只是搖著頭並以雙手晃動圍籬。杏忍不住笑了出來。

咦，那不是猩猩的動作嗎？什麼跟什麼嘛！

她一頭霧水地再次發球。

但這次坂上君還是擺出猩猩那副「不不不」的姿態，大概是對這次發球不滿意吧！

杏再繼續發球。三球、四球、五球……

猩猩終於受不了似的捶胸頓足並晃動身體。這個動作感覺好像是生氣了。錯不了。

「為什麼？為什麼？雖然沒什麼力量，但不都漂亮地飛出去了嗎？」

真搞不懂。還要怎麼做才對？

杏愈打愈亂。接著又繼續發了十球。有點厭煩了。猩猩還是沒有變化。

「夠了，不打了。這球發出去就不打了。」

杏終於感到有些自暴自棄，她以把球瞄準猩猩丟過去的意念揮動球拍。

啪！

就在這一瞬間，手臂感覺到的手感和之前完全不同，球呈直線飛了出去，直接擊中圍籬。

哎呀，抱歉！全壘打耶！志津高舉雙臂擺出萬歲的姿勢並跳了起來。球命中猩猩面前的圍籬。猩猩擺出有點驚訝的模樣，然後捶著胸跳起舞來。

「討厭啦，坂上君，你到底在高興什麼呀？」杏自言自語。她自己也吃了一驚。

那個手感。球飛到意想不到的遠處了，但彷彿扣住那顆球的正中央，全身肌肉的力量都集中到球上面了。這種感覺真棒。

嘗到甜頭後，試著再發一次球。

坂上君依然站在圍籬那邊看著，杏像剛才一樣對準他發球。

啪！

這一次球同樣承受了杏全身的力量，直直飛了過去。球從發球區大力彈飛出去，杏看見志津勉強揮出球拍。志津用力地點著頭。

所謂要有力量，指的就是這樣嗎？

杏把視線轉向猩猩，發現猩猩又開心地跳起舞來。

哦，原來如此！這樣就對了。成功了！有力的發球原來就是這種手感。

杏又接連發了幾球。球就像被放到田野上的小狗般，愛往哪邊跑就往哪邊跑。不過偶爾也會順利進入發球區，這時志津忍不住拍手大喊：「好球！好厲害！我都接不到。」

好開心，真的好開心。這不是軟弱無力的發球。雖然目前還不夠穩定，但總算了解如何將自己的力量灌入球裡面了。

成功啦！

杏幾乎要跳起舞來。圍籬後的坂上君用雙手圈出一個圓形並左右搖動，

接著迅速離開圍籬，大搖大擺跑走了。

志津從對面半場笑著跑過來。「你的球感怎麼好像突然改變了，發生什麼事了嗎？啊，是因為坂上君在看著嗎？」

「嗯，是猩猩教我的。」

「猩猩？坂上猩猩嗎？」志津輕聲笑，接著又說：「不過你剛剛的發球真的很棒唷。利用那股力量認真打的話，就會很厲害了。」

「我會再練習的！一定要練到會打為止。」

「太好了。」

兩人使勁地互擊雙手。接著趕緊撿球，做好回家的準備後一起朝出口走去。附近已經完全不見其他人影，晚霞的顏色也褪了，暮色正一如往常逐步降臨。

兩人邊聊天、邊走向圍籬，將手放在出口的把手。

「哎呀！」

門打不開。用力拉動，然後再推推看。還是打不開。

「好怪，怎麼打不開。」杏說，志津也使勁推了推鐵絲網。「討厭，鎖住了！門從外面鎖住了！」

「咦？怎麼會……，難道我們被關在裡面了？」志津也吃驚地看著杏。

「原來是這樣，不知道是誰從外面鎖上了。」

「真是的！到底什麼時候……怪不得剛剛就覺得她們不懷好意地一直在竊笑。」

「別想那些了，重要的是現在該怎麼出去？」志津環視著周遭。

杏把兩手搭在欄杆上，大喊：「喂——有人在嗎？」

「有人在嗎？」

兩人大聲喊了好一會兒，可是周圍的球場已經沒有人了，而且放鑰匙的會館離這裡又很遠，應該聽不見兩人的聲音。

「該怎麼辦？」

「我看這種時間應該不會有人經過這裡。」

「怎麼辦？天色再昏暗下去，就得在這裡露宿了。」

「在網球場露宿嗎？好像也挺有意思的，不過她們一定會很高興吧？」

才不要讓她們稱心如意，那樣實在太不甘心了。那麼，無論如何都要離開這裡。

想了一會兒，兩人突然對望。

「要爬圍籬嗎？」

經過五秒鐘，杏緩緩點了點頭。

「嗯，只好爬了。」

「沒什麼大不了的，你說對吧？」

「沒什麼、沒什麼。」

嘴裡雖然這麼說，但抬頭一看，圍籬的高度至少也有四公尺以上。心裡雖然閃過一絲不安，可是除此之外還有什麼辦法呢？

兩人脫下網球鞋和襪子，從圍籬下面寬約二十公分的縫隙推了出去，接著將球拍也推出去，再把網球背包壓扁，也從那裡擠了出去。

「好，東西全部在外頭了。」

兩人把志津這句話當成信號，同時將手放在鐵絲網上，開始爬了起來。

「這道圍籬大概沒有生鏽壞掉的地方吧？」

「這個嘛，爬爬看就知道了。」

「別嚇我，志津，千萬不能往下看。」

「嗯，我知道，我決定只往上看。」

兩人把腳趾伸進鐵絲網，慢慢地往上爬去。爬到一半的時候，杏忍不住往下看。

「哇！」

不過才爬了一半，怎麼就這麼高了？

「志、志津……」

「不要說話。集中注意力！」

對，都已經爬到這裡，也只能繼續往上爬。

兩人接著又默默地一步一步往上爬。終於爬到頂端。遠處社區的水塔看起來好近。

「志、志津……」

「不要說話。絕不能往下看，還有一半。」

跨過圍籬後，接著慢慢用腳摸索著往下爬。一步，又一步，兩人已經汗流浹背。

過了好長一段緊張時刻，雙腳終於接觸到地面。

「哇──呼！」

「成功了，到地面了！」

兩人在地上坐了好一會兒。

心情平靜之後，杏一想到那些把門鎖上的傢伙，就忍不住一肚子怒火。

「要怎麼報復她們呢？」杏突然站起來。

志津靜靜地想了一會兒之後說：「報復……嗎？」她喃喃自語後又說：

「報復啊實在太無聊了。不如把網球練好，不輸給任何人。只好這樣了。」

就在這時候，杏突然想起剛才的發球。

對呀！剛才發生了那麼令人開心的事。

杏迅速整理腦中的思緒。

「會發球的喜悅」減去「被關在圍籬內的不甘心」，等於？

哎呀，喜悅的心情要大得多了！

不過，杏的腦海裡還是浮現出各式各樣的字眼。

卑鄙、齷齪、爛人、下流、幼稚、笨蛋。

罵人的話很多，不過一定都無法給她們致命的一擊。一扯上這種事，今天喜悅的心情和好不容易得來的自信似乎要被淹沒了。

杏赤腳穿上網球鞋，冰涼的觸感好舒服。往志津那裡一看，發現她也赤腳踩著鞋後跟，就這樣揹起球拍和背包。

兩人默默地準備回家。

11 最後的練習

第二天下午，杏騎著腳踏車要去山科網球學苑。騎上山科川的堤防後，便一口氣加速、騎得飛快。在鑲著綠邊的銀色河川微微轉彎的地方，她朝河裡瞥了一眼。

就是在那裡撿到里丸的吧。

杏立刻甩甩頭。

不行不行，現在可不是沉浸在回憶中的時候。

好，現在就過去，給我等著！

杏進一步加速，直衝進網球學苑的大門，連自己都喘得要命。

「大家好！」

杏一走進更衣室，正在換衣服的四個人同時看著杏。

「啊，仙崎同學，你好！」

聲音整齊得很不自然，視線明顯緊黏著不放。

喂喂，昨天怎麼樣了？後來你們怎麼辦？

四人的眼睛彷彿這麼問著。但我偏不回答。

「今天幾乎都是比賽的練習吧。」杏輕輕地說。

她們立刻像要撲上來似的問：「對啊對啊。那你昨天是不是練習到很晚？因為從這裡就聽得見打球的聲音了。」

「嗯，還好啦。」杏若無其事地說，換好衣服後默默走出更衣室。

球場沐浴在午後強烈的陽光下，白淨地開展著。

杏喜歡眺望空無一人的球場，安靜、美麗又乾淨。如果跑到球場正中央躺成大字型，不知道會是什麼感覺？

正做著暖身操的時候，志津走過來站在她旁邊。

「喂，你有沒有跟她們說什麼？」

「沒啊，什麼也沒說。差點就想質問她們，不過後來還是裝做不知道。」

志津輕笑著點點頭。兩人接著雙手握拳，讓拳頭互抵著旋轉。

事情就到此為止，就這樣把腦袋調整到全新狀態。我們正要往前趕路，不能老是被一些蠢事絆住。

重新啟動。重新啟動。

杏緊抿著嘴唇。

教練終於來了，平常的練習就此開始。

「今天起要進行一場接一場的比賽。如果發生失誤，就要想想為什麼會失誤，絕對不要重複犯下同樣的錯誤。十八歲以下、十六歲以下、十四歲以下和十二歲以下這四類組都別放過，因為你們全是以後要進軍世界網壇的明日之星。」

教練的話讓周圍的氣氛頓時騷動起來。

進軍世界網壇。明日之星。說得太聳動了吧？不過杏比較希望趕快嘗試發球，簡直迫不及待了。

全體學員依照雙人及單人的順序進行比賽，杏終於在第五場和水嶋遙進行單人對抗賽。

杏知道大家的目光全集中在自己身上，大家只對她的發球感興趣。

瞧，今天的發球果然還是那麼軟弱無力。

那樣竟也能當選手呀。

大家只是想確認這一點罷了。

第二局輪到杏發球。她以左手將球往上高舉之後，再拋向湛藍的天空。

是「啪」一聲的手感。

「發球失誤！」

球嚴重偏離發球區，在地上彈了一下，重重地撞在後面的圍籬上。

失敗了。杏雖然這麼想，周遭卻響起「咦」的驚訝聲。不，她們並沒發出聲音。儘管沒有出聲，原本流動的空氣似乎已經瞬間凝結。

杏在眾人的注目下進行第二次發球。

這次的手感對了。

這回她們真的發出了「哇」的聲音。大家的眼睛是雪亮的，任誰都可以發現杏在發球上的改變。

最後，和水嶋遙對打的這場練習賽，杏以六比三落敗。

比賽雖然輸了，但杏開心極了。

我已經會發球了，不是嗎？雖然有幾次重複發球失誤，可是我並沒有退縮，也沒有想過要用原來安全的發球方式來打。

教練走過來，她用力拍了拍杏的肩膀說：「動作還很粗糙，不過進步很多！嗯，很好。」

「謝謝！」

「還有四天……，來得及嗎？」

「我會加油的！」

「用這四天把剛才的發球方式練習到穩定狀態。嗯，我想你得花上更多時間，不過真正上場比賽時，也試著以剛才的那種氣勢去打吧，千萬別想打什麼安全球。」教練說完之後，彷彿覺得自己說得很有道理，又點點頭、喃喃自語說：「沒錯，就是這樣沒錯，將來會更有發展空間。嗯。」

教練！

杏的心頭熱了起來。教練鼓勵大家四組分齡賽都要參加，卻特別優先栽培杏，還說即使因球技粗糙而落敗也沒關係；不，她雖然沒說輸了沒關係，但意思就是這樣。

說不定我真是個厲害的人呢！

杏就像走出了陰暗的隧道般，感覺身體突然變得很輕快。

「什麼嘛，那副得意的表情。」

「不過她的發球真的改變了……」

「她的確練得很勤快，但光靠蠻力是無法發出好球的。」

「真正的比賽就有好戲看了。」

大家故意放大音量說這些話以及糾纏不休的視線，都讓杏覺得不高興。

七月二十七日。

第一次發球成功的機率是百分之五十。第二次發球也是百分之五十。

「不行不行不行！」教練邊看筆記邊搖頭。

七月二十八日。

第一次發球百分之五十五。第二次百分之六十。

「嗯，不能想想辦法嗎？拋球不夠穩定唷。」

七月二十九日。

第一次百分之七十。第二次也是七十。

「喂，別以為有七十就得意忘形了！」

七月三十日。

第一次百分之七十五。第二次八十。

「身體太用力了。世界上所有事情，絕對沒有任何一種是把太用力列為優點的。到明天為止，你應該達到第一次發球百分之百、第二次也百分之百的目標。要是做不到就宰──了──你！」

教練看著杏說出這番話後，便立刻著手記錄下一場比賽。

「奇怪，上次明明叫我不要想著打安全球的……」

杏吃驚地望著教練發亮的鼻梁。

回家的路上也和平常一樣，和志津推著腳踏車走在山科川的堤防上。

「明天終於要來了。我恐怕明天就要被教練宰了。」

「嗯。」

杏還以為志津會笑著要自己別說傻話，沒想到她一臉正經地說：「沒錯，發球一定要成功，如果不成功，那麼比賽就沒希望了。」

然而志津才剛說完，又用力地拍了拍杏的背部說：「不過你真的進步很多喔！不必擔心，船到橋頭自然直啦！」

「嗯……」

「哎呀，拿出信心勇往直前吧！因為頑強的 Lucky 一定會帶給我們好運的。」

「還在說 Lucky 呀，已經沒效了啦！」

「不行不行，得請牠繼續發揮功效！」

志津撿起腳邊的小石頭丟進河裡。小石頭筆直飛出去後落在河中央，激起了小小的漣漪。

「明天要達到百分之百唷！」

杏也把小石頭丟進河裡。河

水迅速將小石頭吞了進去，只出現一個淺淺的水紋。

河川真了不起，我們明明丟得那麼用力啊！

和志津分手之後，杏不顧一切地猛踩腳踏車。

家門口的「仙崎外科．皮膚科醫院」招牌前停著一輛黑色計程車。杏走到庭院時，母親和弟弟類正要走出家門。

「啊，太好了，我一直在等你回來。類好像不太舒服，我現在要帶他去醫院，爺爺就麻煩你照顧了。他現在在睡午覺，起床後拿點心給他吃。」

母親急急忙忙交代後，便催促弟弟加快動作。弟弟的臉色蒼白得像張紙，有氣無力地邁開步伐走在母親前面。

「好，我知道了。你們路上小心。」

目送兩人出門後，杏立刻到爺爺房間張望。音量極大的電視聲中，爺爺的確熟睡著，枕頭旁邊放著那本紫色封面的書，就像護身符似的。

「里丸！」杏到走廊上喊道，里丸於是慢吞吞地起身，然後伸長脖子，好像很不耐煩。這就是牠平常的態度。

杏走到庭院，拿出坂上君送的監視球，開始練習拋球。

拋、拋、拋，要正確無誤地拋。

杏照著他教的方式確認了好幾次，但不管練習多少次，心裡還是不斷湧出不安的感覺。

拋、拋、拋、拋……

這時屋裡的電話響了。家裡電話很少人打的呀。杏任由黃色的球在地上彈跳，逕自進屋裡去。

「喂，這裡是仙崎家。」

「喂，你現在能不能出來？」

「什麼？」

「發球。我再幫你看看發球，幫你做最終確認。」

是坂上君！

「好，好，那……」

「就在上次那個公園等我。我也馬上過去。」

「嗯，那個……嗯，有點，那個……」

啊，怎麼這麼不湊巧。我真想立刻飛奔過去，可是家裡只有我和爺爺兩個人而已，這該怎麼辦？

「可以嗎？就是現在。」

「喔，好。嗯……我立刻過去。」

哇，我竟然答應要過去！

杏掛斷電話後立刻跑去爺爺房間，他還是和剛才一樣姿勢，睡得正熟。

「爺爺，我出去一下，馬上就回來，你就那樣繼續睡喔。對了，點心！」

杏把爺爺愛吃的硬仙貝放在他枕邊，然後走出房間。

這樣就安心了。萬一爺爺醒了，有他愛吃的仙貝，應該會花上一段時間慢慢享用吧。我只是去拜託坂上君幫我看看發球而已，馬上就回來了。

杏抓起球拍和球，趕緊把門鎖上就出門了。

相較於兩個月之前，公園的樹長得更茂密了。因為是從家裡一路衝過來，所以到了之後不停喘氣。

「喂——」

杏出聲喊道，這時坂上君突然從山茶花的樹叢後方探出頭來。一看到他黃色的頭，杏突然因為幸福的感覺而感動。

好高興，他特地為我跑來。

「喂，別發呆，快拋球給我看看。」

坂上君這麼一催促，杏小心翼翼地把球往空中拋去。七月的天空還很清亮，浮在空中的球明亮得幾乎教人睜不開眼睛。

「好，穩定了許多。不過，支撐重心的腿有點偏移了，要注意。」

「是。」

感覺全身好像充滿了力量。

接著又朝天空拋了無數次球。汗水流進眼睛裡，坂上君一直盯著杏，他頭上那頂黃色帽子彷彿在水中漂浮著。

「好，嗯，現在大概只能到這種程度了。好，沒關係，反正明天就盡量發揮吧。心裡想著一定要發出好球，想像自己打出強勁有力的發球而且萬無一失。」

「是。」

「聲音太小了。」

「是！」

就在大聲回答的同時，杏也立正不動，並用力瞪視著坂上君。坂上君面對著杏，直接迎向她的目光。

「好—好大的眼睛啊，眼神真有力！」

說著便俐落地跳上原本停在旁邊的腳踏車，往公園出口騎去。杏目送坂上君離開，直到他黃色的頭消失在山茶花的樹叢後方。

因太陽下山而終於安靜下來的公園裡連個人影都沒有。

杏覺得自己已經盡力了。明天就照坂上君說的，帶著自信上場吧！

杏慢慢推著腳踏車走向公園出口。

這個時候她才想起在家睡覺的爺爺。

12 決心

杏在傾斜的招牌下方跳下腳踏車，急急忙忙走進通往院子的走道，而這條即使是白天也有點陰暗的通道，已漸漸瀰漫著夜色。

出門時爺爺睡得那麼熟，所以現在一定還在睡吧。就算他醒過來，母親和弟弟應該也已經回家了，不會有問題的。

杏一邊想著、一邊走到院子，發現自己出門時應該已經鎖上的大門竟然敞開著。看吧，母親和弟弟已經回來了。

「媽媽！」杏朝二樓大喊，卻發現全家靜悄悄的沒人在。

咦？怎麼會這樣？

周圍彷彿瀰漫著一股與平常不太一樣的氣氛，內心深處隱約感到不安。

「媽媽！類！」

沒有人回應。她連忙衝進爺爺的房間。

「爺爺！」

爺爺房間的燈沒開，難得的是連電視也關著。

「爺爺，你在哪兒啊？」

杏戰戰兢兢地打開房間電燈。床上只剩下空被窩，她出門時留下的仙貝卻不見了。

嗯……點心確實吃掉了。大概是吃完仙貝後跑去哪兒了吧。

「爺爺——」

杏找遍一樓所有房間和洗滌室。不在。這回她慌張地衝上二樓。

「媽媽？」

二樓靜悄悄的，根本沒人在家。

對了！里丸。

她又衝下一樓。

「里丸！」

杏跑到走廊盡頭時不禁驚訝得呆立住。紙箱裡的狗不見蹤影，就連紅色的繫繩也不見了。

這到底是怎麼回事？杏忙著整理思緒。

母親和弟弟是去找失蹤的爺爺嗎？或者，爺爺和里丸在母親和弟弟從醫院回來之前就跑到什麼地方去了？這是最糟的狀況。又或者，大家一起去散步了……？

杏用力搖搖頭。類的身體不舒服，不可能去散步。

這時起居室的電話鈴聲響了。

「喂。」

「啊，杏，你到底跑去哪裡了？我打了好多次電話。」

「啊，媽媽，爺爺……」杏正要說，母親打斷她。「醫生說類得了盲腸炎，要立刻開刀，所以我今天晚上就不回去了，麻煩你和爸爸看家。我會再打電話回來。」母親一說完便急忙掛斷電話。

真嚇人呀！沒想到類要開刀，這下可嚴重了。

杏的喉嚨乾得像要燒焦了一樣，她勉強嚥了嚥口水。

類在醫院，所以不必擔心，目前當務之急就是要找到爺爺和里丸。

真是夠了。偏偏在這種時候，類生了病，爺爺又下落不明，壞事全一起找上門來，所謂「雙重打擊」就是指這樣的情形吧！

杏跑過已經完全變暗的走道，然後到了大馬路上。已開啟車燈的汽車、機車和腳踏車川流不息地來往經過。總之，先到處找找看。走過河邊、商店街、小學後面、超市附近，都沒有看見像是爺爺的人影。

杏一邊跑著，一邊舔了舔乾渴的嘴脣好幾次，而強烈的悔意有如椎心刺痛般不斷襲來。

要是沒有把爺爺單獨留在家裡就好了。都怪我不好，是我害的。爺爺，拜託你趕快回家吧。里丸，快和爺爺同心協力找到回家的路。無論如何，非找到爺爺不可。

杏又開始跑了起來。

回到家的父親和杏拚命到處找，可是直到深夜都還不知道爺爺和里丸的下落，於是只好像上次那樣尋求警察的協助。毫無目標的搜索又再度展開。

唯一的希望就是，爺爺是和里丸在一起。

「既然帶著小狗，應該不可能像上次那樣搭乘新幹線到太遠的地方。類的情況現在已經穩定了，爺爺的事就交給警察吧。這季節如果不是冬天就好了，實在是冷得讓人受不了。與其發生這樣的事，還不如讓他把腳踏車搬進屋裡。唉，你就乖乖待在家裡。」

父親因為到醫院探視類、接著又去找爺爺，其實已經相當疲累，但他還是對杏這麼說，然後又往一片漆黑的屋外走去。對於白天杏把爺爺單獨留在家裡這件事，父親連一句責備的話都沒說，她告訴父親時，他也只是默默地點點頭。

父親出門後，杏獨自在二樓起居室愣愣地看著電視；電視正在播放烹飪節目，賣力地翻炒青菜的時候，偶爾平底鍋上還會著火。

爺爺，你肚子餓了吧？你到現在究竟走過哪些地方呢？

杏愈來愈擔心。爺爺沒有被車子撞到吧？沒有跌進河裡吧……

里丸，全靠你了喔，你要想辦法把爺爺帶回來。

杏關掉電視，回到一樓自己的房間。手裡緊握著原本扔在床上的球拍，剛剛才在坂上君面前認真地練習了拋球，現在卻覺得像是幾天前的事。

明天有個非常重要的比賽，但為什麼會發生這樣的事情呢？真想咒罵這個捉弄人的命運。

杏暗自狠狠地痛罵一頓之後，甩了甩頭。

不是這樣。歸根究底，根本就是我造成的。不管怎樣，希望爺爺能夠平安回到家。

杏在痛罵之後又趕緊這樣補充，並一直望著時鐘。父親還沒回來。

爺爺的下落、明天的比賽，還有住院的類，明明心裡掛慮著一堆事情，卻不知不覺睡著了，醒來時已經是早晨五點。

杏跳了起來，衝到爺爺的房間張望。還是不見爺爺的身影。她走到床邊，把手伸進被窩，裡頭一點熱氣都沒有，彷彿這個床從太古時代就沒人睡過一樣。她走上二樓，發現父親已經回來了，但他只是默默地搖搖頭。

爺爺和里丸究竟在哪裡過夜？那樣的夜晚一定很漫長吧！

「爺爺，里丸……」

每次一呼吸，胸部深處就會覺得很沉重，甚至有股刺痛感。

要是我沒有把爺爺單獨留在家裡就好了……如果爺爺發生了什麼事，那該怎麼辦？

這個猛烈的後悔想法已經竄出了好幾千次。

然後到了六點，父親說：「杏，不用擔心啦，今天的比賽要加油喔！」說完便出門了。

父親出去之後，杏開始慢吞吞地準備出門參加比賽。準備的東西有飯糰、水煮蛋、香蕉、兩罐寶特瓶裝茶、連身式的網球裝、毛巾、襪子、網球鞋，以及其他瑣碎的東西。

將這些東西全部塞進大背包後，杏看看時鐘。八點。十點前必須趕到西京極的會場簽到，再次確認今天報名參賽。

杏拖拉似的把大背包拿到大門口，穿上鞋子之前又跑去爺爺的房間看了一次。總有什麼可以當成線索的東西吧？

房間和昨天完全一樣。床上有皺巴巴的毛巾毯和枕頭，以及一個月前的報紙。啊！爺爺經常在看的那本紫色書不見了！他把它一起帶出去了嗎？帶著里丸，還帶著書……

應該不可能吧……

想到這裡，杏突然靈機一動，立刻把水藍色的大枕頭拿起來瞧瞧。看吧，果然和心裡想的一樣。曾祖父那本經過仔細裝訂的紫色封面日記就放在這裡。

「重要的東西就是要放在枕頭下。」爺爺曾經不好意思地這麼說過。杏笑了一下，才拿起那本書。她翻啊翻的，發現裡頭夾了一張書籤。

唔？一八八頁。

就是之前爺爺提過在摺角做了記號那頁的下一頁。杏正想把書闔上，突然瞄到了「琵琶湖」這三個字。

琵琶湖，位於滋賀縣，是日本第一大湖泊。如果要去琵琶湖，從這裡搭車只要二十分就可以抵達。杏心不在焉地讓視線掃過這一頁。

七月三十一日

返鄉的消息是真的。終於輪到我了。我趕緊著手整理行李，預定三天後搭乘交通船。這趟航程恐怕相當危險，回家時就從草津搭船經過琵琶湖到大津港吧！從那裡再翻過逢坂山就是山科了。家人一定會很高興吧！雄一郎畫中那隻新養的小狗不知道長什麼樣子？真想趕快見到家人和那隻小狗……

雄一郎畫中那隻小狗……琵琶湖……

七月三十一日這篇日記實在讓人有點放心不下。

新養的小狗就是里丸，回到過去的爺爺於是帶著里丸，到琵琶湖的大津港去接他爸爸了……

這故事聽起來如何？

怎麼可能啊！

杏立刻否定這個想法。拄著枴杖的爺爺不可能到那麼遠的地方。更何況總是茫茫然盯著日記看的爺爺，是不是真的讀懂了這一頁的內容？

杏趕走腦海中浮現的劇情。

她再度走回門口，揹起背包，從微暗的走道走到大馬路。大馬路沐浴在明亮的光線之下，亮得讓人鬆一口氣，感覺好像從所有的麻煩之中解脫了。

爺爺會像上次那樣遇到好心人，然後平安無事回來的。別擔心，好，出門吧！

才踏出一步，杏就踩到鬆脫的鞋帶而往前撲倒，她立刻蹲下來重新繫好，低下去的頭突然覺得血液直往上湧。

琵琶湖……

就在她繫鞋帶的同時，腦海中也浮現出琵琶湖。

難道爺爺真的回到他小時候了嗎？萬一跑去琵琶湖……杏的心裡浮現出這樣的想法。

怎麼可能？她馬上又否定了。

第一，爺爺應該早就忘記要去琵琶湖的走法了，再加上還帶著礙手礙腳的里丸。自己的腿力都不行了，帶著小狗要如何去那麼遠的地方？

杏揹起背包，開始往公車站走去。她得先搭公車到四條河原町，然後再轉搭阪急電車。從不同公車站上車的志津應該已經出門了吧？

公車站就在眼前，杏的心裡那個烏雲般的刺痛感又再度湧現。

就這樣去參加比賽好嗎？說不定爺爺此刻正在某個地方呼喊著救命呀！

杏將背包從肩膀上卸下來，改用右手拿著。

你在說什麼?!竟然不去參加比賽！絕對不能做出那麼嚴重脫軌的事！

杏停下腳步，急促地呼吸著。

不能這麼做。志在必得的志津、直到最後仍陪伴練習拋球的坂上君、一再鼓勵的教練以及不懷好意的隊友，他們的臉一一浮現。

自己不是奇蹟似的獲選為代表選手了嗎？好不容易才學會發球，如果臨時不去比賽，大家會怎麼說呢？一定會聯合起來說些帶刺或數落的話吧！

杏把視線轉向近在眼前、綠意盎然的山上，並繼續急促地呼吸著。

爺爺不知道上哪兒去了，反正應該只會慢慢地走。如果是這樣，為什麼過了一個晚上還是找不到人？帶著小狗的老人大半夜走在路上，照理說會馬上被發現的，不是嗎？為什麼還找不到呢？

杏把背包放到地上。

他一定是跑去大家都想不到的地方了。或許真的帶著里丸到琵琶湖去了。會這樣想的一定只有我一個。

杏看見一輛公車正要駛離站牌，她趕緊拋走浮現出來的想像，重新揹起背包。

喂，杏，你該不會真的打算不參加比賽吧？

當然不會，這可是非常重要的比賽。

然而，杏表現出來的氣勢根本沒有那麼堅決，她有氣無力地邁著步伐，好幾輛車從她的面前駛過。

爺爺一定是想回家，卻不知道該怎麼回家。

杏在一年級的時候，有一天突然下大雨回不了家，沒想到爺爺代替上班不在家的父母親，拎著雨傘到學校來接杏。

「喂──喂──杏。」

爺爺一邊喊著杏的名字，一邊斜穿過校園跑過來；他看起來像是從診察室直接趕來的，白袍的下襬溼答答地黏在腿上。

由於雨勢太大了，爺爺說：「雨太大了，杏沒法撐傘。來，爺爺背你。」說著便把杏揹到背上，一隻手撐著傘，另一隻手托著杏。

杏緊緊摟著爺爺的脖子，覺得自己彷彿坐在飄著藥味的白色轎子上。她覺得很有趣，便喊著：「嘿咻！嘿咻！」

爺爺也覺得很有趣，還故意繞了遠路回家。

當時回不了家的不安與看到爺爺出現的喜悅，杏到現在仍然記得清清楚楚。

爺爺現在一定很焦急。要是他知道怎麼回來的話，就像下大雨那天一樣，一定很想趕快衝回家吧！

杏來到公車站附近的時候，突然聽見救護車的鳴笛聲。聲音愈來愈大，接著便看到刺眼的燈光和白色的車體，周遭的車輛緩緩減速並靠向路邊。杏努力瞪大眼睛，等著逐漸接近的救護車。

爺爺該不會是在救護車裡面吧……

原本淺快的呼吸變得更急促了。救護車漸漸走遠，彷彿要讓杏更加擔憂似的。

聽著逐漸遠去的鳴笛聲，杏愈來愈擔心，她想起爺爺乾燥的皮膚、不管用的雙腿，以及亂揮的雙手。

說不定他正像個流浪漢般躲在某個角落，等待救援。

不對，恐怕他連等待的力氣都沒有，甚至根本不清楚發生了什麼事，就只是蹲在角落而已。

他現在的狀況一定很悽慘，還是要趕去救他才行。

杏用力吸了一口氣。

琵琶湖嗎？

杏又開始胡思亂想。她背起沉重的背包，同時檢視著自己內心深處的那口井。

但是，她也很想去比賽呀，這可是一場重要的比賽。

沒錯，的確如你所說，可是大賽明年還會舉辦，後年以及之後的每年都有機會，而找到爺爺的機會卻只有這麼一次。該怎麼辦？

心裡的那口井似乎住了一個愛說教的討厭老頭。

可是可是，那志津怎麼辦？

沒關係，志津隨便和誰搭檔都能打得很好的。這你也很清楚吧？

嗯，雖然很遺憾，不過我心裡明白。

還有教練。放著比賽不管，她不知道會有多麼生氣？發亮的尖鼻梁不斷逼近，或許她會破口大罵說「你沒資格打網球！」這樣的話吧！

坂上君呢？

一想到他，杏就忍不住抬頭仰望天空，不禁胸口一陣刺痛。他那樣陪我練拋球，要是我沒有出賽，他不知道有多麼失望？一定會不想再理我了吧？

但是……

或許坂上君能理解也說不定，因為他還會為不認識的小狗舉行葬禮。

坂上君不以為意地抱起小狗的表情，以及他輕柔地用手為小狗覆上泥土的身影，一一在杏的腦海裡甦醒。現在可是與爺爺性命攸關的關鍵時刻啊。

……他一定能理解的。

過了一會兒，杏誇張地搖搖背包，再次確認原本就繫緊的鞋帶，然後堅定地抬起頭。

決定了。這樣實在沒辦法去參加比賽。

杏終於背向公車站。

對不起。好不容易獲選為選手，卻沒辦法出賽。

因為我的緣故而發生了緊急事件。爺爺現在正撐著最後一口氣等待救援。隨便你們怎麼說，這次我決定把自己的事情暫時拋在腦後。

杏下定決心後便趕緊跑回家去，沉重的背包不停撞擊著她的腰椎。

13 躲在山裡的狗吠聲

還不到早上九點，太陽已經開始認真地照耀它的光芒。杏瞇著眼睛衝進家裡。起居室的電話答錄機不停地閃著燈，於是她按下按鍵。

「手術很成功。雖然有點痛，但是類已經沒事了。我很擔心爺爺，一有空就會立刻回去。」

這是母親的留言，講得很快。

「太好了。」

這樣問題少掉一個了。杏做了一個深呼吸，緊緊握住話筒。先打給志津，然後打給教練。

在對志津說明情況後，正要出門的她喊了一聲「咦」，過了六秒後才說「知道了」，然後就沒再說話。

教練則沉默了一會兒，說：「臨時取消參賽資格也沒關係嗎？沒辦法了，只好找候補選手上場。」說完便急急忙忙掛斷電話。

唉……明明獲選為選手已經是奇蹟了。

一想到從現在到比賽開始前隊上會發生什麼樣的大騷動，心裡就很過意不去，整個身體感覺像要縮起來了。

一一聯絡完之後，杏呼地吐了一口氣，汗水汩汩地順著脖子流下。

至於坂上君，雖然沒有打電話給他，可是很想大聲告訴他：「以後我一定會打得更好！」

各位，對不起，真的很對不起，但我得選擇去做別的事情。

杏又來到爺爺的房間瞧瞧，她想看看是否有遺漏的線索。然而不管看幾遍，依舊還是一間不起眼的房間，床邊放著活動馬桶，牆上的書櫃擺了積滿灰塵的醫學書籍，此外還有老舊的沙發、電視以及書桌上的小收音機和馬克杯。月曆上已經沒有任何記號。光憑這樣實在沒法決定要如何尋找爺爺。

杏拿起書桌上那本紫色的書。

從琵琶湖搭船到大津港，從那裡再翻過逢坂山就是山科……

曾祖父的日記確實是這麼寫的，但是要去琵琶湖的大津港實在太遠了。

不過，如果是逢坂山的話……

雖然可能性微乎其微，或許爺爺也是這麼想的。

去看看吧！

杏突然這麼想，就像擊中飄散在空氣中小如指尖的硬塊一樣，只是不知道這硬塊是金子做的、還是黏土做的。

杏凝視著已經變色的墨水字；或許爺爺也曾經把臉貼得很近，仔細看著這一頁。一想到這裡，她的腦海中清楚浮現出爺爺瞇起眼睛摸索文字的臉。

那麼就去逢坂山看看吧！即使空氣中的硬塊只是黏土也無所謂。

杏把早上準備的寶特瓶飲料、飯糰和香蕉直接放進小背包，然後戴上帽子、重新繫好鞋帶後就出發了。

總之，先往東邊前進。走了大約三十分鐘才到國道一號線，這是連接滋賀縣和京都市的交流道。看看時間，剛好十點。胸部深處有些發熱。從這裡往西再步行大約兩小時，就可以抵達西京極的網球場；現在大家應該連暖身操都已經結束，正要往各自的球場散開了。

不知道和志津搭檔的人是誰？應該是下山同學吧！

不行不行！

杏用力甩甩頭。都這個時候了，還在想這些事！

國道上來往的車輛很多，速度都很快。往東邊去是縣與縣交接邊境的山巒，往西邊走也是山。一穿過那邊的隧道，京都市街便乍然出現。逢坂山是在東邊。往東走吧。雖然下定決心，但車子這麼多，不知道帶著里丸的爺爺有沒有經過這裡呢？心裡的不安又突然湧了上來。

爺爺，為什麼你不會回家？你已經把家裡的住址、姓名和家人全都忘記了嗎？

杏強壓住內心逐漸擴大的不安，一味地走在往東的國道上。路旁的人家愈來愈少了。

走到一家腳踏車店前，店門口一位叔叔正努力把晶亮的腳踏車擦拭得更加閃亮，於是杏問道：「不好意思，請問有沒有一位帶著小狗的老爺爺經過這裡？」

叔叔停下手邊的工作，瞇著眼睛望著杏說：「老爺爺？好像有、又好像沒有，到底有沒有呢？」

「謝謝你。」

這樣就夠了。即使只是這樣，杏也希望能為爺爺做點什麼。

「爺爺，里丸。」

疾駛的汽車聲立刻淹沒了呼喊的聲音，杏幾乎懷疑自己到底是不是真的喊出聲。

杏繼續走著。道路兩側的山十分逼近，這一帶是逢坂山，附近一戶住家也沒有。車子川流不息地駛過谷底。出了山谷，再繞過山麓，應該就能看見琵琶湖。杏已經走了一個半鐘頭，盛夏的太陽從山頂直直朝著她灑下白光。

這時，杏彷彿聽見了狗叫聲。

不會吧？這種地方不應該有狗的。仰頭一看，正好有一座橫跨國道的天橋，側面寫著「東海自然步道」。眼前是老舊的水泥階梯。既然叫做「步道」，應該是能夠通往某個地方的路。

杏抬頭看看那條路，這時又隱約傳來狗叫聲。

果真有狗。可是為什麼這種地方會有狗呢？難道是里丸？如果是的話就太好了。

狗叫聲似乎是從天橋上方傳來的。

要去看看嗎？

杏抬頭看著水泥階梯，眼前有個導覽標誌寫著「往石山八公里」。石山位在琵琶湖畔，所以這條路的確是通往琵琶湖。杏小心翼翼地往上爬。去年秋天凋落的樹葉還原封不動地聚積在階梯和天橋上，由這片荒涼的光景看來，這地方幾乎沒人通行。杏緩緩走到天橋中央，腳下是急速奔馳的車流。

過了天橋就是一片陡峭的斜坡，而斜坡那頭連接著深山。附近突然充滿了溼潤的泥土味和蓊鬱樹林的氣味，杏往上爬了大約五分鐘後停下腳步。

這根本不可能，說什麼都不相信腿力不好的爺爺能夠爬到這種地方。正想往回走的時候，又聽到剛才的小狗聲。杏停下腳步豎起耳朵聽。

汪汪汪！

這是確確實實的狗叫聲，就像字帖一樣準確的狗叫聲。但不是里丸，百分之百不是。里丸從頭到尾都悶不吭聲，杏只有在後山第一次遇見坂上君那次聽牠叫過。

汪汪汪汪！

這聲音再度夾雜在市區的嘈雜聲中傳了過來。不可能。絕對不可能。可是，為什麼這種地方會有小狗呢？不管了，還是找爺爺要緊。

雖然很在意，但她開始慢慢走下陡坡，才走了兩步，又聽見了狗叫聲。

汪汪汪！

還不止是這樣。當杏不予理會地又往下走了兩步時，聲音更加急促了。

汪汪汪汪汪！

為什麼叫得這麼急？杏有點放心不下。雖然認為這根本是不可能的事，只不過萬一……

杏停下腳步。既然放心不下，乾脆親眼去確認一下。

她再度爬上斜坡，一步，又一步。爬了一會兒，和她的臉同樣高度的茂密綠葉遮住了視線，所以周遭的東西都看不見了。

「喂——」杏漫無目的地喊。

沒想到又是一陣「汪汪汪汪汪」，這叫聲宛如是在回答她似的。

於是，她再度高喊：「喂——小狗狗——」

汪汪汪！

哎呀，等等。

「在哪裡呀？喂——」

汪汪汪汪！

到底是怎樣啊？

杏一邊用雙手撥開路，一邊繼續往上爬。

小路順著斜坡蜿蜒而上。杏的額頭冒出汗水，流入了眼睛。

「喂——」

汪汪汪！

大約爬了十分鐘，狗叫聲愈來愈接近。咦，這種地方怎麼真的有小狗？太不可思議了。

她大步跨過路上突出的大石頭時，黑色布料突然躍入眼簾。緊接著是，哇！一隻無力下垂又慘白的手。

「啊……」杏倒吸一口涼氣，沒有發出聲音。

好眼熟的灰色長褲和黑色襯衫。

爺爺側身倚靠在低矮的樹墩上，頭低低垂著。他的臉呈青黑色，雙眼緊閉，看起來累垮了。而里丸就緊貼在他身旁。

「爺爺！里丸！」杏雙腳跪在斜坡上，晃動爺爺的雙肩喊著，「爺爺！爺爺！」

帽子下方的白髮和頭同時搖晃起來。該怎麼辦呢？一定要趕快把爺爺帶回家才行。不知道他還能不能走？還是先叫救護車吧！咦，爺爺，拜託，你還活著吧？

杏毫無頭緒。她不知不覺抬起頭來，只見到一片無畏無懼的遼闊藍天。

要沉住氣。

杏停止不斷吐氣的淺快呼吸方式，從藍天大口吸進空氣。

一次，兩次，就這樣再慢慢地將視線往下移，正好和里丸四目相對。

「你……」

里丸的兩隻前腳擺得整整齊齊，正望向這邊。

剛才的狗叫聲是你發出來的嗎？不會吧？

杏蹲下來再次大喊：「爺爺！」

這時，爺爺微微抬起頭，並張開眼睛。

太好了。還活著。

「是……杏嗎？」

「是呀，我是杏。」

爺爺輕輕點了點頭，用沙啞的聲音說：「手衛指名習聯。」

真是的，爺爺！

一聽到這句話，雖然才一天沒見面，懷念之情就盈滿了胸懷，眼淚一下子湧了上來。

爺爺說了「手衛指名習聯」耶，他並沒有忘記我、我的爸爸媽媽和我弟弟類。

「爺爺，手衛指名習聯！我是杏呀。太好了！好高興！」

這是只有我們家的人才聽得懂的奇怪用語：「手衛指名習聯」。

爺爺這句微弱的「手衛指名習聯」力量多麼強大呀！它並不只是一串聲音組成的話語。杏現在才了解，家人一直不以為意、每天掛在嘴上的「手衛指名習聯」，不知何時已經成為一種能夠讓人安心、充滿希望、帶有強烈親情羈絆與關懷之情的通關密語。

杏舔舔流到嘴邊的鹹鹹淚水，把嘴貼近爺爺耳邊，一句一句慢慢地告訴他：「爺爺，我現在去叫救護車，你和里丸一起待在這裡等著。絕對不能離開這裡喔，我馬上就會回來。懂嗎？爺爺？」

「……爺爺？」

爺爺只是一臉不可思議地望著杏。杏趕緊拿出寶特瓶的茶給他喝，接著也讓里丸喝了一點，然後將繫繩綁在旁邊的樹上，對里丸說：「里丸，謝謝你！謝謝你一直守在爺爺身邊。」接著捧起牠的頭，慢慢地說：「里丸，拜託你囉，千萬不要離開這裡！」

也不知道里丸有沒有聽懂，杏一說完就全速衝下山去。最近的人家就是剛才那間腳踏車店。

杏跑著衝進店裡。

那個叔叔還在擦拭剛才那輛腳踏車，看到杏立刻露出「咦？怎麼了？」的表情，同時站直身體。

爺爺被隨即趕來的許多人聯手救出，和里丸一起送到醫院。

爺爺在千鈞一髮之際救回了一命，住院了兩星期才回家，整個人瘦了一圈。現在就在他面對南側庭院的三號房裡沉睡著。小小的庭院還是一片盛夏風光，開著淡紫色花朵的木槿枝條一直蔓延到屋簷下。

一切平安。

如果早知道這放心的一刻會到來，比賽那天就不會那麼遲疑了。杏到現在這麼想著，不過完全不了解爺爺為什麼會有這樣的行動。

爺爺為什麼要去那種地方呢？是為了去迎接要從南方戰場回來的父親嗎？這依然是個謎。大家若無其事地問爺爺，他只是說：「我是出去為讀書會做準備。」或是：「幫我打電話給藥房，因為我要去圖書館了。」

爺爺的「現在」果然是錯亂的。

但是，那本紫色封面的書現在也在床上，有時候會翻開來倒放著。一八七頁和一八八頁。爺爺現在好像還是一直反覆讀著那兩頁。他是否記得自己和里丸長途遠征的事情已經無從確知，但若是這樣，或許又會一時興起，再度變成小男孩跑出去。真是太危險了。

周圍的人都替他捏把冷汗，可是，這樣很好呀！

爺爺現在一定很幸福，可以自由地穿越時間和空間，可以把行動不便的雙腿、痠疼的腰、辭不達意的嘴巴以及其他讓人心煩又討厭的事情全部拋在腦後，優游自在地回到開心的時刻。

不過另一方面，爺爺卻因這次事件而變得很虛弱。

「爺爺，你大聲說說看『仙崎雄一郎』、『仙崎杏』。」杏說。

爺爺用細微的聲音說：「仙崎雄一郎、仙崎杏……」

杏誇張地拍拍手說：「耶！爺爺最棒了！」

爺爺的表情一下子恢復了生氣。

哎呀哎呀，爺爺，怎麼一點事情就這麼開心？

然而杏體會到，這就是爺爺目前的情況，爺爺確實就要這樣一步步走入連家人都不認得的世界了。

「杏最喜歡爺爺了，是真的唷！不管你變成什麼樣子，永遠都是杏的爺爺。」杏大聲說。

爺爺的臉又再度亮了起來。

再來是立下大功的里丸。

牠若無其事地回到牠的紙箱，依然悶不吭聲，對那起大騷動絕口不提。

「Lucky，小不點，里丸。」杏拉起小狗的耳朵湊上去說，「那時候你真的叫了，對吧？老實招來！」

救援隊的人也說他們走在山路時，的確聽見過狗叫聲。

說不定里丸是隻出人意料的聰明狗，除非真有必要，否則絕不亂叫……

好冷靜啊，真是太冷靜了。

杏貼在牠耳邊又低聲說：「我是看你口風很緊才告訴你喔……」

里丸好像眨了眨眼睛。

「其實那天我真的好想去參加比賽，雖然爺爺因為我的緣故而不見了，但有那麼一剎那，我竟然還想放下爺爺不管呢！」

里丸的頭動了動。

「噓！絕對不能告訴任何人。」

這種事只能對里丸說。當時怎麼會猶豫不決呢？杏到現在仍然覺得很懊惱。不過，幸好當時下定了決心。因為意志不夠堅定，往後一定也會猶豫不決吧！

「希望不要忘記當時的心情。以後萬一又發生這種情況，也要有同樣的決心。」杏在心裡這樣決定。

「不過，決定的關鍵是……」

里丸的眼珠好像微微動了一下。

「因為對象是很重要、很重要的家人呀！我從小一直最喜歡爺爺了。」

無論說什麼，里丸就是不動。杏目不轉睛地凝視著牠。

「里丸，真的很謝謝你，雖然你遲早得回到佐佐木阿姨的家，但我一定會和爺爺去看你的。」

這樣的里丸就夠了。這樣的里丸很可愛。

青少年大賽後來情形如何呢？

那天志津立刻打電話給杏，她的話一時讓杏不敢相信。

「團體賽沒得優勝。」

「咦，不會吧？」

真叫人吃驚。因為沒想到會是這樣的結果，杏一時之間不知道該說什麼才好。所有項目都得優勝可是山科網球學苑的傳統啊！

果然不出所料，志津的雙打是與下山久美搭檔，聽說最後一局贏了。

「太好了！」

「不不，好不容易才打贏的呢！」

志津用力強調「好不容易」，這就是她體貼的地方。要是她說輕輕鬆鬆就打贏，那就有點不是滋味了。

「為什麼沒拿到優勝呢？真是不敢相信。難道有人沒獲勝嗎？」因為杏自己臨陣脫逃，所以只敢畏畏縮縮地問。

「那是因為……」

難得志津說話也會吞吞吐吐。

「水嶋同學輸了。」

「……」

因為太吃驚，杏一時說不出話來。那麼完美無缺的她究竟發生什麼事？

就在胡思亂想的同時，杏又重新展開練習。自從比賽那天以來，這還是第一次上課。要打開更衣室的門時，杏甚至有點猶豫。

「嗯，不好意思，大賽那天放了大家鴿子，真是對不起。」打開門後，杏一鼓作氣說，還擺出準備接受大家指責的姿勢。

然而，正在更換衣服的所有人卻紛紛揮手說：「沒關係，你也是不得已的。那麼多事情把你忙壞了吧？」

「虧你的開球技巧變強了，沒能參加比賽實在很可惜。」

「不是因為你才輸的啦。別放在心上。」

咦？這麼溫暖的氣氛，到底是怎麼回事啊？是因為她們知道家裡錯綜複雜的情況嗎？

大家拿著球拍正要走出更衣室，杏有點不知所措地目送她們。過了一會兒，和大家錯身而過的水嶋遙進來了。

「早安！」

「啊，水嶋同學，早安。」杏尷尬地說，接著又趕緊說：「大賽那天突然沒法去參加，實在很抱歉。」

這時，水嶋遙一邊用橘色頭巾固定長度及肩的頭髮、一邊說：「不，仙崎同學才辛苦了吧。我竟然輸了比賽，有很多地方需要反省。就像教練告訴我的，仙崎同學那種耐力十足的底線抽球是我欠缺的。不過我不會再犯下同樣問題。仙崎同學，以後請多多指教囉。」

「我、我才要請你多多指教哩！」

水嶋遙對著杏微笑後，肩上披著藍色毛巾走出更衣室。

揮拍的耐力……原來看似完美無缺的水嶋遙也是有弱點的。而自己打的球則是愈來愈具耐力。那樣也滿好的。

以後要認真地練習，盡最大能力試試看。

杏覺得心中的結似乎頓時解開了。

山科川沐浴在夕陽餘暉下，閃耀著金色的光輝。

杏慢慢地騎著腳踏車。當一切事情結束後思索一番，覺得自己的判斷是對的。最重要的是，爺爺還活著。難道還有比這件事更重要的嗎？

結束了一天的練習，全身通體舒暢，但同時也很疲累。仔細想想，加入山科網球學苑還不到半年。

我的網球生涯才正要開始，從今以後一定要努力。

杏正想吹口哨時，突然有輛腳踏車從後面追了上來，她的頭冷不防地被打了一下。

「好痛！是誰？」

往旁邊一看，躍入眼簾的是一頂黃色帽子。

「坂上君！」

坂上君寬闊的背影誇張地左右搖晃，接著突然站立著踩起踏板並回頭看。杏看見白色的牙齒。他的確是在笑。太好了……

「等一下！」

杏也使勁地踩著踏板，朝那個站著騎腳踏車的背影追去。

後記

失智症，有點嚴肅的名字。這種病和癌症、心臟病或盲腸炎不同，是人格和個性會逐漸改變的疾病。

起初我也很猶豫要不要寫生病的爺爺。這種病很殘酷，而且症狀各不相同，周遭的想法也是形形色色，所以是否能斷言這就是正確的失智症患者及其家人的故事，這讓我很不安。不過轉念一想，要是能夠以失智症為開端，與站在人生起點的少女一同探討一個人逐漸改變的可悲及生命的沉重，那也是很好的。

這是我到京都北邊原始森林時的經驗。側耳傾聽，傳來的是讓人心曠神怡的森林低語，氣味清新的風吹拂而過，那裡有橫跨在小路上才剛發出嫩芽的朽木、數十年來一直倚靠在旁邊樹上的樹木，還有許多幾乎已被累積多年的落葉所淹沒的樹木，然而這些老樹和年輕又健康的樹夾雜在一起，顯然也是森林中的重要成員。森林處於剛剛好的平衡，每棵樹的葉子都漂亮極了，陽光從枝葉間灑落，在樹下叢生的草上跳著舞。

森林這麼開心，可見這裡沒有它不要的東西，不管是很久以前便已經腐朽的樹或是斜靠著的樹，對森林來說都是重要的東西。這樣的想法讓我十分感動。

而我們呢？無論產生什麼變化，無論處在何種狀態，每個人的存在都是無可取代，都是組成這個世界的一份子，大家都被視為必要，人人皆是平等……，你也這麼認為嗎？而且不會認為自己是最棒的、不做不恰當的事、也不排擠別人嗎？

我在這個故事的最後讓杏做了一個令人佩服的決定。那是非常了不起的一步。

接著說說小黃狗。我真的在河裡撿到一隻這樣的狗，還好牠順利回到原來主人的家，但我有時候還是會想起牠，想著牠現在過得如何。而牠竟然在故事裡那麼搶戲，應該作夢也沒想到吧。呵呵呵。

這本書承蒙許多人的關照才得以出版。在此致上由衷的謝意。

大塚篤子

就算爺爺忘記了

文／大塚篤子　圖／心美保子　譯／李美惠

執行編輯／陳懿文　校對協力／黃素芬
美術設計／邱鋭致　行銷企劃／陳佳美　出版一部總編輯暨總監／王明雪

發行人／王榮文
出版發行／遠流出版事業股份有限公司　台北市南昌路2段81號6樓
電話：(02)2392-6899　傳真：(02)2392-6658　郵撥：0189456-1
著作權顧問／蕭雄淋律師
輸出印刷／中原造像股份有限公司
□2013年5月1日　初版一刷
□2021年4月30日　初版六刷

定價／新台幣250元（缺頁或破損的書，請寄回更換）

ISBN 978-957-32-7188-8
遠流博識網 http://www.ylib.com　E-mail:ylib@ylib.com

OJIICHANGA WASURETEMO by ATSUKO OTSUKA and MIHOKO KOKORO

國家圖書館出版品預行編目資料

就算爺爺忘記了 / 大塚篤子文；心美保子圖；李美惠譯 .-- 初版 . -- 臺北市：遠流，2013.05

面；　公分

譯自：Ojiichanga Wasuretemo

ISBN 978-957-32-7188-8（平裝）

861.59　　102006354